모산골

모산골

시와 수필 __ 좋은 글 __ 꽁트와 유머

池山著 조기용

책을 내는 사람들이 부러웠다.

옛날에는 사람들이 자기 집을 잘 지어보는 것이 소원이었고, 태어나서 하는 큰일이라서 '니가 집을 한번 지어 봤나?'라는 말이 있었다. "온갖 신경을 쓰면서 고생을 해 봤나?"라는 뜻이다.

요즘은 자기 집을 직접 짓는 사람이 많지 않으니까 책으로 대신 하는 것 같다.

"니가 책을 한권 만들어 봤나?"

재미있고 유익한 책을 만들어 지인들에게도 드리고 손주들에게도 흔적을 남기고 싶었다. '흔적을 남기는 일'을 하게 된 것은 벤저민 하디(Benjamin Hardy)의 『퓨처셀프』를 읽고 늦게나마 경기장에 들어온 것이다. 다음엔 더 큰 경기도 할 수 있으리라.

시작을 하고 보니 집을 짓는 것만큼 어려웠다. 썼다가 수없이 고치기도 하고 눈이 많이 나빠진 것 같아서 중도에 포기도 생각해 봤다. 온 정신을 쏟아야 하니 오래 할 일은 아니라고 생각되었다.

가지고 있던 자료를 찾아서 제목이나 살을 붙이고 다듬어서 잘 만들어 보려고 애를 썼다. 프리하게 형식에 구애받지 않고 내가 쓴 시(詩), 내가 걸어온 길과 수필(隨筆), 내가 좋아하는 꽁트와 유머, 좋은 글을 한데 모아서 자서전 대신 재미있고 유익한 책으로 한번 만들어 보고 싶었다.

지산자(池山者) 조기용

모산골

꽁트

유머

프리하게 형식에 구애받지 않고
내가 쓴 詩, 내가 걸어온 길과 수필, 내가 좋아하는 꽁트와 유머, 좋은 글을 한데 모이서
자서전 대신 재미있고 유익한 책으로 한번 만들어 보고 싶었습니다.
좋은 글을 읽는 사람이 많을수록 우리 사회는 밝아지고 더 좋은 세상이 됩니다.

시

모산골

내가 살던 모산골*은 눈에 선하다.
못과 산이 있어서 지산동이고
못산골이 모산골로 변했으리라
그래서 내 이름은 지산자*이다.
(못 '池', 뫼 '山')

동네 어귀 들어서면 오른쪽에서
큰 종소리 쏟아내던 커다란 성당
동네 앞엔 자그마한 개골산 있고
밤나무숲 우거진 안산 있었다.

아마도 내 기억이 맞는다며는
개골산엔 개구리가 몹시 울었고
안산에선 밤꽃 내음 불어오면서
밤꽃 피면 안산은 장관이었다.

---

* 내 고향은 경북 고령 모산골이다.
* 池山者(지산자) : 모산골 사람

우리 동네 중간에는 연못 있었고
물고기가 많아서 낚시꾼도 많았다.
겨울에는 읍내 아이 죄다 모여서
앉은뱅이 스케이트 타고 놀던 곳

여름에는 친구들과 멱감기하고
큰 잠자리 에또리*를 잡고 놀았던
깨끗하고 커다란 연못이었지
못 둑에는 내 친구 영구가 살았다.

주산 계곡 흐르는 깨끗한 물이
우리 동네 아래로 흘러내려서
미나리와 왕골*이 유명했었지.

---

* 에또리 : '오다리'라는 경북지역의 잠자리에 대한 방언이 변형된 것으로
  우리 고향에서 쓰이는 말.
* 왕골 : 사초과의 한해살이 풀로 줄기의 단면이 삼각형으로 질기고
  강하여 말려서 돗자리나 방석 따위를 만드는 데 쓰인다.

동네 뒤쪽에는 향교와 군민회관
산길 따라 올라가면 충혼탑 있고
그 길 위에 진산인 주산이 있다.

능선을 따라가면 유네스코 세계유산
대가야국 왕릉이 즐비하게 늘어섰네
이곳이 그 유명한 지산동 고분군이다.

아~ 그리워라 나 살던 곳 모산골
뿔뿔이 흩어진 사랑하는 친구들아!
어느 곳에 살더라도 잊지는 말자.

그리운 내 고향은 모산골이라고….

고령 지산동 고분군

친구야!

친구야!
우리는 진심으로 기억하자
내가 너를 좋아했고 네가 나를 사랑했던
아름다운 그날들을

조용히 부르면 언제라도 찾아와서
따뜻하게 안아주는 네가 있어 난 참 좋다.

어두운 골목길을 외롭게 갈 때
어깨동무 해 주는 네가 있어 난 또 좋다.

계절이 바뀔 때엔 아름다운 시를 써서
사랑 노래 불러주는 네가 있어 난 고맙다.

그리고 그리고 말이다. 진짜 중요한 것은
내가 믿도록 해 주는 네가 있어서
난 참 정말로 행복한 사람이다.

친구야!
우리는 하늘이 맺어준 인연이려니
나이가 들어서도 나이 생각하지 말고
우리 오래 사랑하며 건강하고 즐겁게 살아가세나.

이른 새벽

이른 새벽 깨어나니
온 천지가 고요하다.

창문에서 내려다보니
세상에 미동도 없다.

아무도 손대지 않은
고스란히 내 것이다.

해맑은 정신으로
책도 읽고 글도 쓰고

내가 아는 사람 위해
기도도 올리면서

소중한 이 시간을
혼자서 즐기자니

기분 좋은 마음에
감사한 맘이 든다.

좋은 사람

짧은 시간 만났어도
가끔씩 생각나는 사람이 있고

함께한 시간이 많았는데도
이제는 잊고 사는 사람도 있다.

영혼의 진동이 없는 만남은
그것은 한때의 마주침이다.

그 사람의 모습을 떠올리면
어떻게 사는지도 궁금해지는
그런 사람이 좋은 사람이다.

만나기 전에는 설렘이 있고
만나면 반가워서 뭉클해지는
그런 사람이 좋은 사람이다.

그리움의 향기가 짙게 남아서
언젠가는 반드시 만나고 싶은
그런 사람이 좋은 사람이다.

변화

모든 것이 나로부터 시작되니
내가 변해야 모든 것이 변한다.

내가 달라져서 인사를 하면
이웃도 달라져서 답례를 하고

달라진 내가 되어 거리에 서면
거리도 달라져서 나를 반긴다.

지난날의 고통은 묻어 버리고
새로운 밝은 미래 향해서 가자.

내일도 기쁨 슬픔 반복되지만
인생의 살아가는 조화라 한다.

두 눈을 뜨고서 정신을 차려보면
맑아진 내 의식은 다시 번쩍이고

심호흡을 크게 한 내 가슴속엔
욕망의 뜨거운 피 꿈틀거린다.

그래, 내가 달라지자
과거는 희미하고 미래는 큰 산이다.

인생길

오늘도 그 길을 묵묵히 가고 있다.
그 길은 멀고 먼 인생길이다.

냇물도 보이고 꽃길도 보이고
돌뿌리 가시밭길 걷기도 한다.

그 길은 처음 가는 인생길이다.
정신을 차리고 똑바로 가야 한다.

가던 길이 힘들면 쉬어 갈 수도 있고
가던 길을 잃고서 헤맬 수도 있지만
가던 길을 되돌아서 올 수는 없다.

아직까지 출발점인 사람도 있고
벌써부터 반환점인 사람도 있고
빨리 걸어 지쳐버린 사람도 있다.

결코 서둘러 갈 필요는 없다.
반환점에 왔으면 마이웨이 부르며
무소의 뿔처럼 혼자서 가면 된다.

비(rain)

후두둑 후두둑 귓전을 때리면서
이른 새벽부터 비가 내린다.

왠지 기분 좋은 새벽이라서
창문 열고 손이라도 내밀고 싶다.
온 세상이 깨끗하고 시원한 느낌이다.

봄비는 대지가 목마르게 기다리며
촉촉하게 적셔주면 만물이 소생한다.
봄비 온 뒤 대지가 기지개를 크게 켜면
올라오던 풀잎은 아침 햇살 받아서
영롱하게 빛나고 생동감을 더해 준다.
온 누리에 생기가 넘치게 하니
봄비는 참말로 고마운 비다.

여름에 오는 비는 사정없이 쏟아진다.
하루종일 달군 대지 식혀 주려면

봄비처럼 와서는 양이 안찬다.
가끔씩은 오버해서 큰물을 데려와
사고까지 치지만 온갖 오물 씻어내고
한여름의 폭염도 한 번씩은 식혀주니
이 또한 참말로 고마운 비다.

가을에 오는 비는 쓸쓸하게 내린다.
낙엽을 때리면서 추위를 재촉하니
쓸데없는 비라고 원망도 듣지만
가을비는 연인들을 우산속에 가두고
코트 깃을 세우는 낭만을 만들고
결실의 무대를 깨끗하게 씻어주니
가을비도 이 또한 고마운 비다.

겨울비는 추적추적 힘없이 내린다.
봄 여름 가을 동안 쉬지 않고 내려서
한해가 몹시도 힘들었나 보다.
때로는 눈이 함께 동행하면서
힘없는 겨울비를 부축해 준다.
눈에게 양보하고 겨울비야 쉬어라.
새봄에는 우리 다시 반갑게 만나자.

아침 묵상

아침에 일어나서 편한 맘으로
상쾌한 기지개를 펴는 이 순간
오늘도 감사한 마음이 든다.

화초를 쳐다보고 잘 잤느냐고
인사를 하면서 물을 주는
이 여유를 감사하게 생각한다.

꽃을 사랑한다 말은 해놓고
돌보지 않는 건 사랑이 아니듯이

멋진 인생 살겠다고 다짐해 놓고
웃지도 않는 건 멋진 인생 아니다.

웃자라는 욕망을 잘라가면서
당치 않는 욕심은 부리지 말고

내게 주신 모든 것을 소중히 하며
오늘도 소박하게 살아가련다.

서행(徐行)

구태여 서둘러 갈 필요가 있나
큰 보폭이 좋다지만 내 보폭대로
중단없이 천천히 걸어서 가자.

천천히 천천히 걸어서 간들
늦다고 누가 뭐랄 사람이 있나
다른 사람 의식해서 넘보지 말고
내 페이스 대로만 천천히 걷자.

마음만 앞서서 볼 것도 못보고
헐레벌떡 뛰어간들 후회만 남으리
세상 사는 모든 일이 뜻대로만 되겠소
천천히 생각하며 걸어서 가자.

발걸음을 빠르게 할 필요도 없다.
그렇다고 뒤처져서 낙오는 말고
어깨 펴고 당당하게 앞을 보면서
천천히 천천히 걸어서 가자.

---

* 徐(천천히 할 '서')
인생을 천천히 즐길 수 있다면 비로소 어른이 된 것이라고 했습니다.

노년의 친구

얽매인 삶 풀어놓은 여유로움과
자유 찾은 기쁨을 함께 누리며

황혼의 나이에도 서로가 맞아
산이나 바다에도 같이 가면서

즐거움을 같이 하는 친구 있다면
그 사람 인생은 참으로 축복이다.

함께 하고 싶어도 취향이 달라
좋은 친구 만나기 쉽지가 않다.

비가 오나 눈이 오나 언제 어디서나
부르면 기꺼이 달려올 수 있는 친구

서로가 아끼고 사랑하면서
인생을 즐기며 함께 할 수 있는 친구

그런 친구가 있는 사람은
노년이 참으로 행복한 사람이다.

너와 나

너와 나
누군가가 좋은 날에는
서로 손을 맞잡고 기뻐도 하고

너와 나
누군가가 힘든 날에는
서로 안아 토닥이고 위로하면서

너와 나
둘이는 운명처럼 생각하고
하늘이 맺어준 인연이려니

너와 나
둘이는 순수한 마음으로
서로가 아껴주고 사랑하면서

좋은 인연

그렇게 함께 하면 좋겠다.

잔잔한 행복

덧없는 세월의 흐름 속에서
조금씩 멀어져간 사람들에게

가끔씩 좋은 소식 전하는 일을
마음의 문 열고서 만들어 가면

언젠가는 진심을 알게 될 거고
언젠가는 그리움도 느낄 것이다.

진실한 마음을 담아내면서
양보하고 손해 보듯 살아가면

잔잔한 행복이 찾아오면서
마음에 평화도 느낄 것이다.

먼 훗날에,
커튼이 드리울 때에

명예보다 사랑이 귀한 줄 알았고
잔잔한 행복도 느꼈노라고
조용히 말할 수 있을 것 같다.

설 전날

이른 새벽 깨어나니 세상이 고요하다.
창밖을 내다보니 하얀 눈이 오고 있다.
도화지같이 하얗고 깨끗한 세상이다.
아무도 손대지 않고 오간 적이 없으니
고스란히 내 것이라 기분이 좋아진다.

가로등에 비치는 눈 내리는 모습이
얇고 하얀 떡가루를 뿌려주면서
설이 다가왔으니 떡이라도 빚으라고
소복이 쌓아주는 것 같기도 하고
시끄러운 세상을 하얗게 덮어 주며
조용하게 살라는 것 같기도 하다.

아무도 깨지 않은 이른 새벽에
음력이긴 하지만 새해부터는
나라가 조용하고 평온하면서

모두가 잘 되기를 기도합니다.
그리고 내가 아는 모든 사람이
건강하게 지내시고 행복하기를
두 손을 모아서 기도합니다.

벌써부터 부엌에선 소리가 나고
바쁘게 돌아가는 설 전날 아침이다.
오늘은 설 맞이할 준비를 해야 된다.
내가 해야 할 일은 조율이시(棗栗梨枾) 챙기고
새 돈으로 세뱃돈을 준비하는 일이다.
설날에 손주에게 세배 받을 생각에
혼자서 웃음지며 기분이 좋아진다.

감사한 가을

그래,
가을이 오기는 오는구나!
긴 폭염에 가을이 있기는 있나 싶더니만
제법 찬 바람이 불어서 온다.

천고마비의 계절이 온다니
괜히 하늘을 올려다보며 혼자서 들뜬 기분이다.
그래도 순수한 마음이라서 기분이 좋아진다.

이번 가을에는 무슨 일을 할까?
좋은 일이 생길 것 같은 예감이 든다.

좋은 계절에 하고 싶어 미뤄둔 일도 하면서
좋은 사람들과 마음껏 즐겨야지

확실하게 예약된 가을에 감사하며
자꾸만 하늘을 올려다본다.

초가을 아침

상쾌함을 느끼는 초가을 아침이다.
이제는 아침이면 창문을 닫게 하는
선선한 바람 따라 가을이 묻어왔나.

세상의 끝이라도 될 것 같던 더위도
이제는 완전히 물러간 모양이다.
새삼 가을이 고맙게도 느껴진다.

공활하게 높아진 파란하늘, 뭉게구름,
노랗고 예쁜 은행잎도 데려왔다.

은행잎에 대한 옛 생각이 있어서
한 잎을 주워서 손바닥에 올려본다.

아직은 푸르름이 약간 묻어서
보드라운 애기 손바닥 같다.

열무김치 된장찌개 비빔밥을 좋아하고
좋은 일이 있으면 같이 웃고 즐기면서

소박한 행복을 좋아하는 사람끼리
함께 하는 가을이면 더욱 좋겠다.

벌써부터 가을이 아깝다는 생각에
이 가을엔 어디로 여행을 떠나볼까.

확실하게 가을을 잡아두려고
조용한 가을비를 동반한 아침이다.

여행

누군가가
나에게 일러주었다.

여행이란 '여기서의 행복'이라고
참 적절한 말인 것 같다.

행복을 찾아서 목적지를 향하고
거기에서 행복을 느끼는 것이다.

목적지에 도착하면 온갖 근심 잊고서
새롭게 밀려오는 행복감에 젖어든다.

여행을 다녀와선 행복감의 여운으로
또 다른 여행을 준비하며 살아간다.

인생이란 그 자체도 반복되는 여정인데
고행과 즐거움과 행복감의 연속이다.

동행하는 사람들과 서로 돕고 즐기면서
인생이란 긴 여행도 보람있게 하고 싶다.

행복

자세는 낮출수록 겸손해지고
마음은 비울수록 편안해지며

정은 나눌수록 가까워지고
사랑은 베풀수록 애틋해진다.

행복이란 결코 떨어져 있고
멀리서 오는 게 아니라 한다.

소박하고 성실하게 살아갈 때
행복은 가까이서 찾아서 온다.

우리가 살아가는 일상 속에서
언제나 감사한 그런 맘으로

서로를 생각하고 배려하면서
웃으면서 사는 게 큰 행복이다.

당신은 생각나는 사람이라서
당신이 행복한 게 내 행복이다.

감사한 마음

내게 보이는 게 새 희망이고
내 귀에 들리는 게 기쁨이라서
오늘도 감사한 마음뿐이다.

짧지 않은 시간을 살아오면서
어찌 좋은 일들만 있었겠느냐.

돌뿌리 가시밭길 걷기도 하고
허둥대며 비틀대고 넘어졌어도
일어나서 또다시 정신없이 뛰었다.

지금은 웃으며 행복할 수 있는 건
함께 해 준 좋은 사람 덕분입니다.

당신 같은 멋진 사람 곁에 있기에
언제나 감사한 마음뿐이다.

감사할 줄 모르면 기쁨이 없고
기쁨이 없으면 행복도 없다.

조그만 일에도 감사할 줄 안다면
누구라도 언제나 행복할 것이다.

오늘도 내 이름을 불러주기에
감사하는 마음으로 살아갑니다.

시국을 한탄하며

세상이 왜 이리도 시끄러운가?
조용히 살 수는 없는가 보다.
뉴스에서도 온통 정치판이다.
민주주의 경험이 없어서인지 처음 겪는 일에 갈팡질팡한다.
자기들이 무슨 연극에 주인공처럼 온갖 폼을 다 잡는다. 권모술수가 난무하는 정치판에는 매일 매일 이슈가 터져 나온다.

국민들이 대주는 비싼 밥 먹고 자기들만 위한 정치를 하며 자기들만 옳다고 한다. 저급의 엑스트라들도 앞다투며 설친다. 생각 없이 막말을 쏟아내면서 어떤 사람을 위해서 충성 경쟁을 벌이는 듯하다. 피곤하지도 않는가?

국민들은 피곤하다.

한편으로는 자승자박이란 생각도 든다.

자기만 잘못 한 게 아니라면서 옆의 사람을 쳐다만 본다. 그래서 역사는 되풀이 될 것이다.

이제는 그 연극이 보기도 싫다.

좁은 공간이라 안 보려고 해도 보이고 안 들으려고 해도 들리니 온갖 생각에 짜증이 난다.

머리는 좋아서 말들은 청산유수다.

그런 머리를 국민을 위해 썼으면 좋았겠는데 점점 잘못되고 있는 것 같아 국민들은 지쳐서 판단조차 흐려진다.

바깥세상을 둘러보아도 시끄럽고 어렵기는 마찬가지다.

서로 자기들만 잘 살겠다고 끝도 없는 싸움질을 벌이고 있다.

이제 트럼프는 새로운 트럼프를 손에 들고서 자기에게 유리한 게임을 다시 시작할 것이고 철없는 정은이는 푸틴에게 넘어가서 어른 대접 받으려고 위험한 핵무기만 만지작거리니 세상이 불안하기 그지없다.

요즘 부쩍 성당에선 정치인과 지도자를 위하여 기도를 하고 있지만 세상이 달라지는 게 하나도 없다. 오늘도 성당에서 평화의 인사를 하고 오는 중이다.

정치인들이여! 진정 국민을 생각하고
세계 지도자들이여! 진정 인류의 평화를 위하라.

아~ 언제 다시 그런 세상이 오려나.
조용하고 평화로운 세상에서 살고 싶다.

---

* 2024년은 너무도 시끄러웠다.

고령 향교

가을 유감

어이! 가을아!

너는 혼쭐 좀 나야겠다.
어디 갔다 이렇게 늦게 오는 거니.
매번 오던 길을 잃고 헤매다 오는 거니.

추석이 벌써부터 온다고 연락이 왔는데
니가 아직 안 왔다고 기다리고 있잖아.

가을아!
너는 미안한 줄 알아라

우리는 '가을은 참 예쁘다'며 너에게 들려줄
노래까지 만들어서 설레는 마음으로 기다리고 있잖아.

가을아!
그래도 네가 가져오는 소품들은 빠뜨리지 말거라.

파랗고 높은 하늘,
하얀 뭉게구름, 커다랗고 긴 코스모스,
이쁘고 아름답게 물든 단풍옷

빨리빨리 준비하고 늦게 온 만큼 오래 있다 가거라.
그리고 내년에는 이러지를 말아라.

---

* 2024년은 폭염에다 유난히 긴 여름이었다.

가을

가을은 참 좋다.

봄이 되어 싹이 터서 세상에 얼굴을 내밀 때까지
힘든 삶을 살아왔다.
모진 비바람에 생존이 어려울 수 있었는데도
용케도 버티어냈다.

차츰 다리에 힘이 생기고 바람이 불어와도
살랑거리며 조심스레 적응하며 살아왔다.

잎들이 무성하고 줄기가 튼튼해지면서
세상의 푸르름을 더하는 일도 했고
주위의 모든 것들과 경쟁 속에 어울려
재미있게 놀기도 했다.

싱그러운 녹음방초 계절에 바람이 불어오면
춤도 추고 노래도 부르며 즐겁게 보냈었고
뜨거운 햇살 아래 갑자기 소나기가 후두두둑
떨어질 때에는 아파서 큰 소리도 질러댔었다.

드디어 기다리던 가을이 왔다.
이 가을의 향연을 몹시도 기다렸다.
하얀 뭉게구름, 커다랗고 긴 코스모스, 갈대랑
모두 다 불러 모아라
우리는 색동옷을 갈아입고 새파란 하늘 아래
모여 앉아서 가을의 노래를 소리 높여 부르며
같이 한번 신나게 놀아 보자꾸나.

"가을은 참 예쁘다 하루 하루가~
코스모스 바람을 친구라고 부~르네"

여기서 저기서 가을 향연이 펼쳐진다.
길 위에는 은행잎이 황금빛 융단 같다.
온 산에도 울긋불긋 물감을 터뜨렸다.

들녘에도 황금물결 어깨춤을 추는구나
황홀한 풍경에 넋을 잃고 바라본다.

향연의 마감 시간이 다가오니까 아쉬운 마음에
늦게 온 만큼 오래 있다 가라고 가을에게 말했는데
그래선지 가을이 예년보다 좀 길다고 느껴진다.

가는 가을에게 마지막으로 어떻게 인사할까?

가을은 참 좋다.

고령 다산면 좌학리 은행나무 숲

단풍

곱게 물든 단풍은 봄꽃보다 낫다고 한다.
봄꽃도 예쁘지만 떨어지면 그만이다.

떨어진 봄꽃은 줍는 사람 없어도
곱게 물든 단풍은 떨어져도 줍는다.

예전에는 단풍을 책갈피로 사용하고
편지 속에 동봉되는 호강도 누렸었다.

그래서 시들면 그만인 봄꽃보다는
곱게 물든 단풍 잎이 대우를 받았다.

세월에 순응하면 연륜이 되고
세월에 반항하면 주름이 된다.

사람도 고상하고 순하게 늙어 간다면
황혼이 찬란하고 아름다울 수도 있다.

너와 나 사이에는

너와 나 사이에는
멋진 사람보다는 따뜻한 사람 되자.

멋진 사람이라면 남을 의식하지만
따뜻한 사람끼린 마음이 편해진다.

너와 나 사이에는
잘난 사람 되지 말고 진실한 사람 되자.

잘난 사람이라면 거리감이 생기지만
진실한 사람끼린 곁에 있고 싶어진다.

너와 나 사이에는
대단한 것보다는 그냥 좋은 사람 되자.

대단한 사람은 부담을 주지만
그냥 좋은 사람은 부담이 없다.

너와 나 사이에 틈이라도 생기거든
누가 뭐랄 것도 없이 솔직하게 다가가자.

인생

마음속에 만족함이 가득하다면
모든 것을 만족하며 살아갈 거고

마음속에 불평만이 가득하다면
모든 것을 불평하며 살아갈 거다.

우리의 생각은 마음속에 있기에
마음속에 행복함이 가득하며는

행복이 다가오기 쉬울 것이고
마음이 부자라서 행복할 거다.

세상 보는 눈은 보는 대로 보이고
사람 사는 세상 마음 먹기 달렸다.

인생은 살아가는 것이 아니라
인생은 살아내는 것이라 한다.

어려움이 있어도 피하지 말고
최선을 다하는 그런 마음으로

세상 사는 이치를 생각하면서
순수한 마음으로 살아가련다.

아! 대한민국

한국호는 끝내 격랑의 소용돌이 속으로 빠지고 있다. 장애물이 많아서 위태롭게 항해를 이어가고 있었는데 선장을 잘못 만난 것인가?
바른길을 가고 있다 싶어서 믿고 있었다.

누구의 잘못이고 책임이라 할 수 없다.
서로가 자기 잘못 아니라고 다른 사람 얼굴을 쳐다보며 나무란들 무엇 하나 별다른 방법 없이 우리가 선택을 하지 않았나? 그때는 좋아하며 안도의 한숨을 내뱉지도 않았는가?

항해를 하면서 잔잔한 바다도 만날 것이고 거친 파도도 만날 것이다. 거친 파도를 잘 헤쳐 나갈 수 있는 슬기로운 선장의 지혜가 필요하다. 우리가 무언가에 목이 말라서 착각을 한 것인가?

위급한 상황으로 몰리는 듯하다.

우리가 침착하게 대응해야 한다.

침몰하던 타이타닉호가 생각난다. 호화롭고 평화스러움이 그 정도는 아니지만 작은 파도를 만나면서도 그래도 순항하고 있었다.

누가 지금 선장 역할을 바르게 하고 소용돌이 속을 빨리 헤쳐 나와야 하는데 서로 기회라고 큰 목소리를 내면서 우리는 안중에도 없고 자기들만 살겠다고 난리를 치면 안 되는데 말이다.

배가 침몰할까 봐 공든 탑이 무너질까 봐 지금 우리는, 아무 힘없는 우리는 극도로 불안해하고 있다. 뉴스를 보기가 싫고 겁이 난다. 우리가 온갖 걱정에 잠도 제대로 못 자고 있는 줄을 알아야 되는데 말이다.

우선은 침몰하기 전에 소용돌이 속을 빨리 빠져나올 수 있
도록 흥분을 가라앉히고 우리의 지혜를 모으고 기지를 발휘
해야 한다. 우리는 위기를 잘 대처해 온 지혜로운 민족이다.

동남아 여러 나라들이 생각난다.
그 융성하고 호화롭던 나라들도 국가적인 위기가 왔을 때
지도자의 잘못된 판단으로 나라가 멸망하고 국민들을 빈
곤 속으로 몰아넣는 것을 보지 않았는가? 그들이 일어나는
데 얼마나 힘이 들고 오랜 세월이 필요한지를 우리는 알고
있다.

이제는 뭉치자!

나라를 생각하고 우리를 생각하고 충성 경쟁을 하지 말고 갈라지지 말고 지혜를 모으자. 소용돌이 속을 빨리 헤쳐 나가자. 그리고 그 지난날의 영광을 되찾도록 하자.

주님! 도와 주십시오. 우리 대한민국을….

웃자

행복은 먼 곳에서 찾지를 말고
가까운 곳에서 찾으라 한다.

웃음은 행복의 시발점이고
행복은 웃어야 할 진짜 이유다.

얼굴에 웃음꽃이 가득하면
마음 또한 한없이 부유해진다.

내가 웃어야 거울도 따라 웃고
누구라도 따라서 같이 웃는다.

앓는 소리보다는 웃음소리가
우리네 인생을 즐겁게 하고
사람들의 관심을 많이 받는다.

그래서 웃고 그래도 웃자.
조그만 일에도 크게 웃으며
억지로라도 웃으면서 생각하자.

행복해서 웃는 것이 아니더라도
웃어서 행복하면 된다고 하니
힘들고 어려워도 다같이 웃고

행복이 찾아오는 희망 노래를
웃으면서 큰 소리로 함께 부르자.

봄의 소리

봄의 소리 들으려고 개천으로 달려가니
개천가의 버들강아지 반갑게 인사하고
분당천을 흐르면서 부서지는 물소리는
큰 자갈에 부딪히며 햇살 받아 반짝인다.

이른 아침 분주하게 왔다가는 멧새들과
떼를 지어 움직이는 참새들도 보이고
이름 모를 물새들도 크게 울어 반기면서
봄이 오는 준비를 품앗이한다.

마치 옛날 잔칫날에 품앗이 온 아낙들이
이른 아침 분주하게 움직이는 모습처럼
어렴풋이 떠오르는 그 모습이 연상된다.

머리에는 묵이 든 나무 상자 반팅이나
단술이 든 동이를 하나 가득 이고 와서
잔치 일을 돕던 그 모습이 떠오른다.

개천가 나무들의 연두색 새싹들은
잔칫날에 족두리 쓴 앳된 색시 얼굴같이
보일 듯 말 듯 하다.

꽃이 피고 새가 우는 완연한 봄이 되면
봄 처녀의 혼례가 정식으로 시작되고
온 세상은 축하객들로 넘쳐날 것이다.

분당천

물소리 새소리의 교향을 들으며
봄 햇살이 내리쬐는 분당천을 걷는다.

개천가 나무들도 겨우내 습설에
상처 난 몸 추스르며 새싹 잎을 만들고

각자의 자리에서 봄의 향연을 위하여
푸르름을 펼쳐 보일 무대를 준비한다.

육교 옆 실버들도 반갑게 인사하며
봄바람에 살랑살랑 손을 흔들고

일찍 핀 민들레도 노랑저고리 입고서
친구들과 손을 잡고 자리를 잡았다.

하얀 벚꽃 만발하여 꽃잎을 흩날리고
노란색 개나리는 군데군데 늘어섰다.

공원 안쪽으로 둘러앉은 진달래도
분홍빛 손수건을 흔들어 대고

멀리서도 보이는 분수대에선
물줄기가 힘차게 뿜어져 나온다.

분당천을 걸어가는 사월의 봄날에는
나도 몰래 자꾸만 황홀경에 빠져든다.

정치판

흔히들 정치판이 개판 오분 전이라고 하더니마는
오분 전엔 그렇게도 심하게도 싸우는가?
으르렁거리다가 급기야는 서로가 크게 물고 말았다.
상처가 깊은데도 병원 갈 생각은 하지도 않고 아직도 쳐다
보고 으르렁거린다.
너무 시끄러워서 도저히 잠을 잘 수가 없다.

자기들끼리 싸우다가 해결이 안 되니
심판한테 물어보고 있는 중에도 동네 사람 생각은 안중에
없고 자기들만 잘했다고 짖어만 댄다. 소리가 작다고 마이
크까지 동원하고 짖어만 대니 주민들은 불안해서 잠을 못
잔다. 다른 동네까지도 크게 들려서 동네가 창피한 지경인
데도 아랑곳도 하지 않는다.

괜찮은 사람들도 정치판에 들어가면 실망을 안겨준다. 소신이 없어지고 변하는 모양이다. 그렇지 않고서야 무리 지어서 비상식적인 일들을 서슴없이 할 수 있나?

이성을 잃고서 정신을 못 차린다. 거기서도 엉뚱한 다른 짓을 하다가 쫓겨나서는 또다시 들어가서 생각 없이 따라가며 짖기만 한다.

주인들도 문제다.

왜 또다시 그런 자를 그곳으로 몰아넣었나?

그러고는 자기편이라고 사람보고 짖어도 모른 척하고 생각 없이 자기 쪽이 옳다고 한다. 하도 시끄럽게 짖어대면서 물고는 놓지 않고 흔들어 대니 당장 오늘 결판이라도 날 것 같은 생각에 주인들도 계속해서 착각을 하나 보다.

한 발짝 물러서서 멀리 내다보면서 이 땅에서 자라나는 후손들을 생각하고 동네 사람 생각도 해 보기를 바란다.

정치판에 들어가면 표범의 지혜를 배우라 했다.

밀림의 왕자 표범의 경쟁상대는 뜻밖에도 무리지어 다니는 하이에나다. 표범이 잡은 먹이를 뺏기 위해서 끈질기게 주위를 돌면서 공격을 하고 사정없이 쪽수로 밀어붙인다. 표범의 판단으로 안 되겠다 싶으면 포획한 먹이를 던져주고는 곧바로 얼른 피해 버린다. 일대일로 붙으면 단숨에 상대를 죽일 수도 있지만 표범은 지혜롭게 처신하는 것이다.

무리 생활을 하는 하이에나를 표범 혼자서는 당해낼 재간도 없고 어리석게 다투느니 피하는 것이 상책이며 그것이 꼭 지는 것이 아니라는 깨달음을 가져다준다.

이기고 지는 것이 중요한 게 아니라 갈등 해결에 집중을 하면 표범처럼 지혜롭게 현명한 방법을 찾을 수도 있다.

이 땅에 정치인들이여!

황홀경에 빠져서 이성을 잃지 말고 너무 큰 것을 이루려고
도 하지 말고 잘잘못은 국민이 보는 앞에서 조용히 가리면
되고 국민을 위해서 양보하고 포용하고 타협하는 모습으로
가라앉고 있는 배에 대한 책임을 공감하고 과감하게 자기희
생을 해서라도 나라를 구해 주길 바랄 뿐이다. 그것이 국민
을 위한 그대들의 사명이고 지도자인 그대들이 해야될 일
이다.

그러면 국민들이 기억할 것이고 모든 것을 용서할 것이고
나라를 구한 빛나는 영광으로 길이 남을 것이다.

오월의 기적

오월은 신록
새로운 푸르름이다.

오월은 싱그럽고 아직 연록이다.
짙은 것보다 연한 것이 더 아름답다.

오월은 기적이다.
겨우내 모진 광풍과 습설에 상처 난 몸 추스르고
새 모습으로 단장하고 힘들어도 웃으면서 나타났다.

혹독한 지난겨울을 직접 목격했기에
온 세상에 푸르름을 선사하려는 오월이
고맙기도 하고 괜히 안쓰러운 마음까지 든다.

오월은 계절의 여왕답게 봄의 향연을 마무리하고
잠시 자태를 뽐내다가 짙은 녹음방초를 준비한다.
그래도 우리는 오월의 기적을 잊지 말고 감사해야 한다.

12월의 마지막 날

그래서 또 한 해가 가는구나.
12월이 다가와서 달력이 달랑 한 장 남았을 때는
잠깐 움찔했다가 그래도 한 달이나 남았다고
맘도 조금 푸근하고 별생각이 없었는데

벌써 12월의 마지막 날이라니
실감이 나지 않고 억울한 맘도 있어 아무 구분도 없이 그냥
해가 바뀌는가 억지스런 의문이 든다.
프로이트는 시간은 정해 놓은 것으로 움직이지 않는데 우
리가 시간 속을 지나가는 것이라고 했다.

제야의 종소리로 구분하는가?
옛날에도 그랬지만 뚜렷한 경계도 없이 한 해가 가고 새해
가 왔다고 한다. 나이는 생물학적 현실에 기댄 사회적인 관
습이라고 하는데 소복소복 쌓여서 육신은 서서히 표시가
난다. 특히 나이 드신 분들은 한 해 한 해가 다르다는 말을
자주 하신다.

세상이 아무리 시끄럽고 혼란해도 세월은 조금도 멈춰주질 않는구나. 인생은 연습이 없다고 하며 과거는 희미한 점이 될 거고 다가오는 미래는 큰 산과 같다. 한 해를 보내는 아쉬움 속에 이런저런 생각이 밀려 오지만 세월에 저항하면 주름이 되고 세월에 순응하면 연륜이 된다. 순리대로 살면서 최선을 다하자.

12월의 마지막 날 무엇을 할 것인가 생각하다가 미뤄둔 숙제를 하기로 했다. 가까이 살면서 자주 보지 못했던 고향 친구 불러다가 식사도 하고 괜찮은 찻집에도 데려갈 생각이다. 친구들이 좋아하면 내 기분도 좋아진다. 자꾸만 미루다가 맘이 불편했는데 12월의 마지막 날 소소한 행복을 찾을 것이다.

값진 삶

손해 보듯 살아야 관계가 좋아지고
져주는 듯 살아야 마음이 편해진다.

모자란 듯 살아야 활기찬 삶이 되고
부족한 듯 살아야 의욕이 생겨난다.

양보하고 베풀고 감동을 주면
언젠가는 배가 되어 되돌아온다.

세상을 살아가며 어려운 일 있더라도
두려워하거나 피하지 말고

침착하게 생각하고 슬기롭게 해결하면
이것이 살아가는 맛과 의미다.

내가 완벽해야 잘난 것이 아니라
여유를 두는 삶이 희망을 가져온다.

많은 사람들이 여유 속에 들어와
함께 엮는 그런 삶이 값진 삶이다.

괜찮은 사람

누군가의 섭섭함이 있었더라도
그 사람과의 인연을 먼저 생각하는 사람은
괜찮은 사람이다.

자기의 언행이 누군가에게
누를 끼치지 않을까 먼저 생각하는 사람은
괜찮은 사람이다.

누군가가 잘 되기를 바라면서
좋은 일이 있으면 같이 축하할 줄 아는 사람은
괜찮은 사람이다.

누군가에게 베푼 것은 잊어버리고
누군가의 어려움을 아는 사람도
괜찮은 사람이다.

자기의 지위를 탓하지 않고
올바르고 당당하게 처신하는 사람도
괜찮은 사람이다.

비가 오면 만물이 자라서 좋고
날이 개면 쾌청해서 좋다는 사람도
괜찮은 사람이다.

상처받은 과거는 묻어 버리고
밝은 미래 향해서 걸어가는 사람도
괜찮은 사람이다.

나중에 시간이 지나서
내가 아는 모든 사람들에게
괜찮은 사람으로
기억되고 싶을 뿐이다.

딸집에서

딸내미가 집을 사서 기쁜 맘에 달려온 곳
캘리포니아 딸집에서 편안하게 글을 쓴다.

앞마당엔 장미정원과 분수대가 자리하고
백야드엔 레몬나무 동백나무 수국밭이다.

아침에는 거실에 앉아 봄 햇살을 즐기고
오후에는 뒷마당 식탁에서 책을 읽는다.

뒷마당은 벚꽃잎이 흩날려서 눈 내린 것 같고
새들이 지저귀니 나뭇잎도 유난히 반짝거린다.

가끔씩 깨끗하고 향기로운 바람이 불어와서는
뒷마당에 심어둔 오렌지나무 꽃향기를 배달한다.

가을이 아닌데도 깨끗한 공기에 높고 푸른 하늘
올 때마다 느끼지만 CA는 축복받은 땅인 것 같다.

먼 산야에는 넓디넓은 초원이 끝없이 펼쳐지니
이곳이 그 옛날 인디언들이 말 달리던 곳이런가

딸집에 앉아서 유유자적하며 글을 쓰고 있으니
근래에 이보다도 더한 행복은 없었던 것 같다.

민들레

봄날에 민들레가 길가에 나앉았다.
노랑색 저고리에 초록색 치마 입고

따뜻한 봄 햇살에 예쁜 얼굴 탈까 봐
손에는 망사로 된 양산까지 들고서

친구들과 옹기종기 모여 앉아서
오손도손 옛이야기 꽃을 피운다.

지난겨울 습설과 광풍을 이겨내고
민들레의 꽃말은 감사하는 마음이다.

민들레도 그 옛날을 그리워한다.
그 옛날엔 봄바람이 불어오면

쓰고 있던 흰 양산이 홀씨가 되어
어디든지 자유롭게 날아갈 수 있었는데

민들레영토*가 줄었다고 하면서
작년에도 이곳에서 봄을 맞이했단다.

---

* 민들레영토 : 1990년대 후반에 대학가와 수도권지역에 유행했던 대한민국의
카페 체인점으로 줄여서 '민토'라고도 부른다. 지금은 숫자가 현저히 줄었다.
민들레 꽃씨가 제한을 받지 않고 어디든지 날아가는 모습에서 열린 마음으
로 세계를 향하는 창조성을 발견하고 또 그 꽃씨가 보이는 강한 생존력을
결코 약하지 않은 자존적 모습으로 보고 그러한 것이 우리 삶의 영토로 확
장되기를 바라는 마음으로 '민들레영토'라는 이름을 지었다고 한다.

수필

내가 걸어온 길

외갓집

나는 경북 고령군 덕곡면에 있는 외가에서 태어났다. 어머니가 외갓집 가족들과 가을운동회 구경을 갔다 온 후 다음 날 새벽녘에 창녕 조가 희천공파 26세손으로 태어난 것이다. 내가 듣기로는 고령읍에 살던 가족들이 6·25전쟁 때 시골인 외갓집 동네로 피난을 왔다가 아버지와 어머니가 인연이 된 것이다.

외갓집 동네는 성산 배씨 집성촌이다. 외할아버지께서는 그 옛날에 마을 훈장님이셨고 외할머니는 정이 많고 곱게 생기셨으며, 인근 동네 양반집에서 시집을 왔는데 성은 진씨였다. 외갓집에 자주 오셨고 나를 많이 귀여워해 주시던 어머니의 외삼촌이고 외할머니의 남동생은 키도 크고 잘생긴 분이라는 특별한 기억이 있다.

외갓집은 처음에는 '상승암'이라는 위쪽 마을에 있다가 아랫마을로 내려왔다. 위쪽 마을에 있던 외갓집 동네 옆에는 자그마한 산이 있었는데 그 밑으로 흐르는 개울을 따라 마을길이 있었다.

마을 앞쪽은 커다란 들판이 있었고 추수를 마치고는 그 들판에서 뛰어놀았다.

어릴 때 본 기억으로는 정월 보름날은 동네 사람들이 다 모여서 나뭇더미를 쌓아 놓고 달불놀이를 하는 것을 보았다. 희미한 기억 속에서 그때 그곳을 떠올리면 박인수가 부른 〈향수〉라는 노래가 연상되고 노래 속의 풍경과 흡사한 곳이라는 생각이 든다.

그러다가 언젠가 방학 때 외갓집에 갔을 때 아래승암(씨암) 마을로 외갓집이 내려와 있었다. 초등학교 때부터 방학이 되면 무조건 외갓집을 갔었다. 다른 이유도 있었지만, 그때는 시골 생활이 너무 재미있고 좋았다. 외갓집 동네는 친척들이 모여 사는 곳이라서 읍내에서 온 나한테 모두 잘 대해 주었다. 형과 누나도 많았고 내 또래 친구들도 많았다.

집집마다 소를 키우면서 보통 때는 풀을 베어다가 먹이로 주지만 여름에는 대개 점심을 먹고는 형과 누나, 친구와 동생들 모두 약속이라도 한 듯이 소를 몰고 줄을 지어서 소먹이는 곳으로 향한다. 동네 가까운 산이 소먹이는 곳이고 놀이터였다. 소먹이는 장소는 정해져 있으니 늦게서야 그곳에 소를 몰고 와 합류하기도 했다.

소들은 자기들끼리 놀면서 풀을 뜯어먹게 '소 이까리'라고 하는 소를 모는 길다란 줄을 소뿔에다가 감아서 자유롭게 다닐 수 있게 해 주고 우리는 그곳에서 재미있게 놀았다.

소를 먹이는 풀을 꼴이라고 하는데 비가 오는 날이나 건초를 준비하기 위해서 꼴망태에 한가득 꼴을 뜯어 놓고서는 모두들 삼삼오오 둘러앉아서 공기놀이 등을 하며 재미있게 놀다가 배가 조금 고파지면 감자산곳으로 준비해 놓은 잘 익은 감자를 까먹으면서 형이나 누나들의 경험담이나 "옛날에 옛날에~" 하면서 시작하는 구전으로 내려오는 재미나는 이야기를 들으면서 하루를 보냈다.

감자산곳은 아직도 잊지 못할 추억으로, 야외에서 감자를 익혀 먹는 재미있는 요리법이다. 모두들 같이 거들어야 되는 협동심이 필요하고 역할 분담이 있으면서 과학적이고 재미있는 놀이 같다. 개울이나 시냇가에서 얇고 넓적한 큰 돌을 주워와서 양옆으로 주춧돌처럼 세우고 그 위로 같은 모양과 크기의 돌을 눕혀서 얹어 아궁이를 만든다. 그리고 자그마한 자갈돌을 수북하게 쌓아 올린 다음 주위에서 땔감을 구해 가지고 와서 아궁이에 불을 지핀다. 수북하게 쌓인 자갈돌에 뜨거운 열기가 전해지면 쌓아 놓았던 돌을 순식간에 무너뜨린다.

뜨거운 열기가 가득한 무너뜨린 자갈돌 위로 마르지 않은 잎이 넓은 생나무 가지를 주워와서 얹고 그 위에 가지고 온 감자를 옆으로 넓게 펴서 모래나 흙으로 빈틈없이 덮은 다음 봉우리 가운데 구멍을 뚫어 물을 붓고 다시 모래나 흙으로 단단하게 덮어주고는 한참을 있다가 감자를 꺼내 먹는 방법이다.

어릴 때부터 신기하고 재미가 있어서 감자산곳이란 말과 그 방법에 대하여도 관심이 많았는데 '산곳'이란 말은 '삼굿'이 변한 말이라고 생각한다.

삼굿하는 곳은 시골 동네마다 공동으로 사용하는 것이라서 시냇가 가까운 동네 어귀나 귀퉁이에 자리 잡고 있었다.

삼굿은 삼베옷을 만드는 길쌈의 원료가 되는 대마 줄기에서 섬유를 얻어낼 수 있도록 대마 줄기를 수증기로 찌는 공정이다. 쇠로 만든 용기가 없었던 아주 옛날에는 감자산굿과 아주 흡사한 방법으로 삼을 쪘던 것 같다. '산굿'이란 말이 따로 없으니까 나름대로 그렇게 생각해 본다.

그렇게 놀다가 해가 서쪽 하늘로 뉘엿뉘엿 넘어가는 해질 무렵이 되면 소를 몰고 꼴망태를 메고 모두들 줄을 지어서 집으로 향하던 정겨운 모습이 눈에 선하고 그립다. 그 당시 시골에서는 소가 중요한 재산이었으니까 소먹이는 일이 아주 큰일이었다. 겨울에는 건초랑 짚을 삶아서 소를 먹인다.

그것을 '소죽'이라고 하는데 가마솥에다가 썰어 놓은 짚과 건초를 넣고 소죽을 끓이다가 솥뚜껑을 열면 하얀 수증기가 올라오고 구수한 특유의 냄새와 따뜻한 공기가 집안 가득 퍼진다. 소죽을 퍼주고 나면 열기가 남아 있는 그 솥에다가 물을 데워서 목욕물이나 따뜻한 물로 이용했다. 아궁이에는 타고 남은 시뻘건 숯 위에 감자나 고구마를 맛있게 구워 먹는 옛 생각이 생생하게 떠오른다.

읍내에 있는 집에서는 느껴보지 못하는 이런 행복감에 방학이면 외갓집을 찾았다. 소는 밭갈이와 논갈이는 물론 무거운 짐을 나르는 일 등 지금의 농기구가 하는 일을 다 했으니까 소가 없으면 농사짓는 일이 불가능할 정도였다.

소죽을 퍼다 주면 좋아서 크고 선한 눈을 껌뻑이며 인사를 하는 소에게 잘 먹고 아프지 말고 건강하라고 말을 건네곤 한다. 소는 집집마다 오랫동안 키우면서 정이 들어서 가족과 같은 존재였다. 그래서 한때 코미디 프로에서 유행했던 "그럼 소는 누가 키우나"라는 말의 깊은 의미를 잘 안다.

당시에는 고령군에서 하나뿐인 중학교에 2등으로 입학하면서 장학생이 되었고, 학교에 다니면서 계속 1~2등을 놓치지 않았었다. 외갓집 동네의 중학교에 다니는 내 또래 친구들이 있어서 방학이 되어 외갓집에 가면 동네 사람들이 모두 친척들이라 칭찬을 많이 했었다.

●
어린 시절

우리 동네는 경북 고령군 대가야읍 (옛 고령읍) 지산동이다. 우리 동네에는 같은 또래 친구들이 가구 수에 비해서 많았다. 6·25 전쟁이 끝나고 태어난 친구들이니까 거의 집집마다 한 명씩은 있었으니 우리도 베이비 붐 세대에 걸쳐 있다.

학교에 갔다 돌아오면 동네 친구들과 모여서 숙제는 대충해서 책가방에 넣어 마루에 던져놓고 시간 가는 줄도 모르고 재미있게 놀았다. 저녁 무렵이 되어서야 어떤 때는 할머니가 찾아 나서서 데리러 와야지 집으로 들어가곤 했던 기억이 있다. 숙제를 할 때는 친구 부모들이 맛있는 고구마나 감홍시 같은 것을 내어 주면서 자기 아들과 같이 해 주기를 원했다.

나를 따르는 친구들이 많았지만 권위에 대한 도전이 있을 때는 코피 터지게 싸움도 했다. 그때는 구슬치기, 딱지치기, 제기차기, 총싸움, 칼싸움 등 온갖 놀이를 경험하면서 재미있게 놀았다. 동갑인 친구 한 명을 제외하고는 모두 나이가 나보다는 한 살 적거나 많았다.

그런데도 같은 학년이 많았던 이유는, 그렇게 매일 재미있게 놀다가 어느 날 갑자기 내가 학교에 입학하니까, 너희들과 같이 놀지 못한다는 골목성명을 발표하자 같이 놀 상대가 애매해진 친구들은 부모님의 만류에도 불구하고 자기도 학교에 보내 달라고 모두가 집에 가서 난리를 친 것이다.

그래서 우리는 코도 닦을 수 있는 하얀 가제 손수건을 왼쪽 가슴에 달고 줄줄이 줄을 서서 같이 입학을 한 것이다. 그 당시에는 그렇게도 입학을 허용해 준 것 같다. 한 살 적은 동네 친구들은 나 때문에 한 해 빠르게 입학을 한 것으로 알고 있다.

방학 때 외갓집이나 이모집에 가면 첫날은 우리 동네 친구들과 재미있게 놀던 생각을 하면서 친구들 생각에 우울해졌고, 방학을 마치고 읍내에 있는 집으로 올 때에는 외갓집 동네의 정든 친척들과 친구들 생각에 침울해지고는 했었다. 외로움을 많이 타면서 항상 첫날 저녁해가 질 무렵에는 눈가에 눈물이 조용히 맺히곤 했던 것 같다. 어린 가슴에 외로움을 많이 타는 다른 이유도 있었으리라.

중학교 때는 방과 후에도 학교에 남아서 친구들과 늦게까지 공부를 했고 집에 와서도 밤늦게까지 공부를 열심히 했다. 중학교 2학년 때는 담임선생님이 여 선생님이셨는데 원래는 고령농고 선생님이셨고 우리한테는 실업과목인 농업을 가르치셨다. 반장인 나 때문에 담임을 자처했다고 하시며 아침에 매점에서 우유까지 먹도록 해 주신 선생님이 있었다. 친구들도 선생님이 특별히 나를 챙겨주는 것을 알고 있을 정도였다.

선생님이 격려를 해 주시고 챙겨주는 덕분에 계속해서 1~2등을 놓치지 않고 열심히 공부할 수 있었다. 선생님 댁은 대구 대봉동에 있었고, 아버지는 6·25때 전사하셨으며 어머니는 대학교수였다. 선생님 아래로 여동생이 있었고 남동생은 나와 나이가 같은 걸로 알고 있다.

3학년이 되어서 자주 뵙지를 못했는데 어느 날 선생님이 불러서 갔었다. 교장실 안쪽의 조용한 곳으로 나를 데리고 가시더니 선생님께서 결혼을 하게 되어 사표를 내고 서울로 가신다고 하면서 내 손을 잡고 눈물을 보이시며 공부 열심히 해서 꼭 K 고등학교를 가라고 당부하셨다. K 고등학교에 가면 대구의 자기집에서 지내도록 해 주겠다는 말씀까지 하셨다. 나도 모르게 울먹이면서 그렇게 하겠다고 하고는 일어났다.

선생님이 떠나시고 한동안 공부도 안 되고 마음에 갈피를 잡지 못해서 방황을 한 적이 있다. 늦게서야 찾아뵙겠다는 마음은 있었지만 나중으로 미루며 바쁘게 산다는 핑계로 뵙지도 못했는데 죄스런 마음을 가지고 선생님의 건강을 빌어 본다. 빙그레 미소 짓던 선생님의 그 모습이 떠오른다. 그때 선생님의 모습을 고이 간직하고 싶다.

2학년 하반기에 우리 집 아랫방에서 꼭 자취를 하고 싶어하는 친구가 있었다. 다른 면에서 중학교를 다니는 친구들은 자취를 하거나 자전거로 통학을 했다. 그런데 이 친구는 학교 가까이서 자취를 하고 있다가 일부러 먼 곳까지 나와서 나와 같이 공부를 하고 싶다고 해서 그 당시 아랫방에서 자취를 하고 있던 다른 친구와 같이 있도록 양해를 구해서 우리 집에 들어온 것이다. 조금 있다가 본래 있던 친구는 우리 집에서 나가서 아랫동네에 있는 친구집의 골방에서 자취하고 있는 것을 보고 그 친구를 볼 때마다 미안한 생각이 들었다.

그래서 새로 들어온 친구가 아랫방을 차지하게 되었고 이 친구와는 학교를 같이 오가며 선의의 경쟁을 펼치면서 하얀 밤을 새우

기도 하고 열심히 공부를 했다. 나중에 졸업을 할 때에는 이 친구가 1등을 하고 내가 2등을 했다.

뚜렷한 목적을 가지고 들어온 친구는 달랐다. 복서였던 조지 포먼이 했던 유명한 말이 생각난다. 그 후에 이 친구는 좋은 대학을 나와서 대기업의 사장까지 하고 퇴직을 했고 지금도 자주 만나면서 서로의 마음이 남달라서 누구보다 가깝게 지내고 있다.

●
대구로 가다

고등학교는 대구로 가야했는데 진학할 곳이 미리 정해져 있었다. 우리 동네 출신으로 서울에서 은행에 다니는 사람이 있었는데 동네에 나타나면 그 당시 최고 인기였고 "은행에 다니는 누구네 아들" 하면 선망의 대상이었다. 여러 가지 여건상 삼촌의 권유로 상고로 가야만 했다.

고등학교에 입학하니까 성적이 많이 떨어졌다. 나 자신도 상당히 실망했고 당황스러웠다. 주산도 해야 되고 모든 게 낯설고 힘들었다. 아! 상고를 잘못 왔구나 싶었다. 형이나 누군가 가까운 친척이 주변에 있었으면 조언을 해줘서 상고를 안 오고 인문계 고등학교에 가서 좋은 대학에 들어가면 가정교사라도 해서 대학은 졸업할 수 있을 텐데 하는 후회를 한 적도 있다.

시간이 지나면서 성적은 조금씩 나아졌지만 항상 마음에 들

정도는 아니었다. 시골에서 실업과목으로 농업을 공부한 학생들은 대구에서 상업을 공부한 학생들보다 주산, 상업부기 등 몇 과목이 상당히 불리했다. 공부를 열심히 해야 된다고 생각은 했지만 비산동 고모 집이 공부할 수 있는 분위기가 아니었다. 큰고모는 과일장사를 하셨으니까 할머니가 오셔서 밥을 해 주시기도 하면서 어쩔 수 없이 지내야만 했다.

우리 할머니는 말씀도 잘하시고 동네 친구들이 모두 좋아하셔서 친구들 중에는 리더격이셨다. 할아버지는 내가 어렸을 때 돌아가셔서 얼굴도 뵌 적이 없으며, 할머니는 젊었을 때는 가족들과 함께 일본에 계셨는데 한국에서 같이 들어가 있던 친척들을 잘 보살펴 주어서 성주 대가면 산막에 있는 할아버지 고향에 가면 인기가 좋았다. 해방이 되면서 가족들이 모두 우리나라로 귀국한 것이다.

고모 집에서 학교에 다니다가 시골 우리 동네의 옆집에 살던 친구가 자취하는 집에도 같이 있었다. 마침 그 집 주인이 우리 학교 선배님이라서 초등학교에 다니는 아들의 가정교사도 잠시 한 적이 있다. 이름이 '훈'인데 참 잘 생기고 귀티가 나는 귀여운 아이였다. 그렇게 전전하다가 공부를 열심히 하기 위해서 결국 비산동 고모 집으로 다시 돌아왔다.

고등학교 생활이 평탄치만은 않았다. 3학년이 되어 졸업을 앞두고 은행 시험을 보았다. 산업은행에 응시했는데 떨어졌다. 원서

가 제대로 배정이 안 되니까 선생님이 정해 주는 대로 선택의 여지가 없었다. 당시에 은행 시험은 졸업예정자가 일제히 같이 시험을 치르고 떨어지면 재수를 할 수 없는 시험이다.

첫 서울 생활

고향 집으로 들어와서 집 뒤에 있는 주산 중턱에 위치한 충혼탑을 자주 오르내리면서 답답하고 쓸쓸한 마음을 달래가며 숨고르기 하고 있었는데 서울 고모님한테서 연락이 왔다. 고모부께서는 미아리에서 나염공장을 크게 하셨는데 고모 집에 있으면서 회사 경리업무를 맡아 달라고 하셨다.

망설임 없이 바람도 쐴겸 일단 서울로 상경했다. 고종사촌 동생들과 같이 고모 집에서 지내면서 그때 정이 많이 들었다. 고모가 저녁에는 공부도 가르쳐 주라고 해서 가정교사 노릇도 했다. 이렇게 해서 첫 번째 서울 생활이 시작되었다.

고모는 막내로서 처녀 때는 나와는 한집에 살면서 잊지 못할 추억이 많다. 내가 기억하기에 고모는 참 예뻤고 말도 재미있게 잘하고 읍내에 있는 총각들한테 인기가 많았다. 그러니까 잘 생기신 고모부가 나타나서 서울로 낚아채 간 것이다. 고모는 내가 아기였을 때 자기가 업어서 키우면서 자기 등에 오줌도 많이 쌌다는 얘기를 자주했다.

요즘은 고모 집 동생들의 딸들 결혼식에 계속 다니고 있는데 연로하신 고모님은 지팡이를 짚고 손주들 결혼식에 꼭 참석하셔서 결혼식장에서 자주 뵙는다. 용돈을 준비해서 어릴 적에 등에 오줌싼 값이라고 생각하고 꼭 챙겨드린다.

한편 회사에 가보니 생각했던 것보다 근무 환경은 열악했다. 그 당시에는 수작업으로 일을 했으므로 고마사라는 인부들이 득실거리는 그야말로 공장이었다. 근무하고 싶은 마음은 없었지만 마땅히 당장 할 일도 없고 공장을 인수해서 시작한 지 얼마 안 되는 고모네 회사라 신경이 쓰였다. 고모가 도와 달라고 불렀으니까 오래 있지는 않더라도 내 마음이 정리될 때까지라도 도와주고 싶었다.

경험은 없지만 장부를 만들어서 밀린 장부를 정리하고 나염 원단까지 정리해서 주는 일을 하면서 나름 깔끔하게 일을 하고 있었고 고모부도 만족해하셨다.

두세 달쯤 지나서 도봉세무서에서 나이는 좀 들어 보이고 경상도 말을 하는 직원 한 분이 오셨는데 고모부와는 잘 아는 사이같았다. 장부가 있느냐고 묻길래 정리한 장부를 보여 드렸더니 준비를 잘했다고 하면서 앞으로는 어떻게 하라고 하면서 내가 어려 보여서 그랬는지 자세하게 잘 가르쳐 주었다. 단순 장부겠지만 자신이 생겨서 그 당시에 세무서 직원이 고맙게 느껴졌고 인상적이어서 기억에 오래 남는다. 그래서 내가 세무서에 근무하면서도 그때가 가끔씩 생각이 나곤 했다.

　퇴근길에는 공장 옆에 있는 다리를 건너기 전에 막걸리집이 있었는데 직원들에게 끌려 들어가 한두 잔씩 마시면서 직원들과 가까워지고 있었다. 내가 제일 막내고 모두 형들이었는데 술도 잘 못 먹던 나를 잘 대해 주었다. 아직도 태봉이 형이랑 한두 사람은 생각이 난다. 퇴근해서 고모 집에 오면 고모 식구들이랑 따뜻한 가족애를 느낄 만큼 잘 지낼 수 있었다.

　그렇게 지내다가 고모네 아랫집에 초등학교 선생님 부부가 세 들어 살고 있었는데 참 행복해 보이고 눈길이 자주 갔다. 오후 늦게는 과외 수업을 하는 학생들이 쏟아져 나왔다. 해맑은 아이들의 웃음소리가 항상 시끌벅적했다. 참 보기가 좋아서 애들한테 인사를 건넨 적도 여러 번 있었다. 그때는 학원 대신에 선생님들이 과외를 많이 했던 것 같다.

　나도 초등학교 6학년 때 담임 선생님한테서 과외를 받아 본 적이 있다. 그 얘기를 조금 하자면, 담임 선생님이 우리 동네 모산골 아래쪽에 내가 잘 아는 형의 누나랑 결혼해서 살았는데 선생님은 엄하기도 했지만 공부를 잘 가르치기로 유명한 선생님이셨고, 작은삼촌과는 고령중학교 동창생이셨다. 그래서 과외수업을 받을 형편도 안 되었는데 선생님의 강요로 과외비를 내지 않고 과외를 받아 본 적이 있다.

　공부를 열심히 했기 때문에 선생님도 그렇게 배려하고 싶으셨던 것으로 알고 고맙게 생각했다. 과외비를 내지 않는 것을 비밀로 해 주셨지만 과외비 내는 날 친구들 보기에 자존심도 상하고 혼자서도 충분히 잘 할 수 있다고 생각했기 때문에 몇달 하다가 선생님께 말씀드려서 과외를 그만두었다.

대구에 있는 중학교로 가는 친구들이 부럽기도 했지만 선생님한테서 좋은 가르침을 받아서 고령중학교에 우수한 성적으로 입학할 수 있었다. 선생님은 대구에서 사시다가 오래전에 돌아가셨다. 내가 첫 발령을 받아서 서대구세무서에 근무할 때 자주 오셨는데 옛날 생각을 하면서 선생님을 극진히 모셨다.

그러다가 고모네 아랫집 선생님과도 인사를 하게 되었고 행복하게 사는 게 부러웠다. 그게 계기가 되었는지 한 달 두 달 지나면서 공부를 해야겠다는 생각이 들었고 여기서 이러고 있을 때가 아니라는 생각이 들었다. 선생님이 보람도 있는 직업이고 괜찮은 것 같다면서 교대를 가고 싶다고 고모님께 말씀드렸더니 자기도 걱정을 하고 있었다면서 학원비는 삼촌과 의논해서 보내주겠다며 대구에 내려가서 공부를 열심히 하라고 하셨다.

다시 대구로

짧았던 서울 생활을 청산하고 대구에 내려와서 다시 비산동 큰 고모님 댁에서 학원을 다녔다. 서울교대를 목표로 열심히 공부에

매진할 수 있었다. 달성공원 도서관에도 많이 갔었는데 거기서 공부하러 온 친구들도 만났다.

한창 공부를 열심히 하고 있는데 작은아버지께서 고령군청에서 지방직 5급을류 공무원시험이 있는데 응시해 볼 마음이 없느냐고 물으셨다. 작은아버지는 그 당시 고령군청에서 과장님이셨다.

그래서 응시를 했는데 2등으로 합격을 하자 작은아버지는 내 성적을 알아보시고는 거의 올백이고 수학에서 몇 문제 실수가 있었다고 하시면서 흡족해하셨다. 상고 출신이라 수학과목에 약한 것이 드러났다. 영어를 포함해서 다른 과목은 올백이라서 군수님도 놀라면서 1등을 한 사람보다 더 주목을 받았다고 하시며 어떻게 할 거냐고 물어보셨다.

지금 와서 생각해 보면 또 2등을 한 것을 보니 1등 인생은 못 되고 2등 인생인 것 같다. 버금이 으뜸보다 좋을 수도 있다고 자위해 본다. 작은아버지의 의중을 잘 알기에 생각해 보겠다고 하고 대구로 들어와서 공부를 하고 있었다. 꼭 서울교대를 가야겠다고 생각하고 이제는 길을 알았으니 용기도 생겼다. 가정교사를 해서라도 대학을 다니겠다고 생각했다.

얼마 지나지 않아서 작은아버지께 또 연락이 왔다. 5급을류 국가공무원 시험이 있는데 응시해 보라고 하면서 성적이 좋으면 세무서 같은데도 갈 수 있다고 하셨다. 서울에 계신 둘째 작은아버지는 그 당시 대전에서 세무서에 다니셨다. 작은아버지의 권유로 시험을 봤는데 이번에도 합격은 자신이 있었다. 합격자 발표가 있고 나서 작은아버지께서 전에 모시던 군수님이 총무처에 계시는데 뭘 좀 알아보고 오겠다고 하시고 서울로 올라가셨다.

신경이 많이 쓰였지만 학원을 다니며 공부를 계속하고 있었는데 작은아버지가 서울에 다녀오셔서 우수한 성적으로 합격했다면서 면접을 볼 때 세무서를 희망하면 상고를 나온 것도 유리하게 작용할 수 있다고 말씀하셨다. 그때부터 갈등이 생기기 시작했다.

면접시험을 본 후 작은아버지가 원하시던 대로 국세청에 발령이 나자 공부도 하기가 싫어졌다. 그래서 그렇게 원하던 서울교대의 꿈을 접어야만 했다. 당시 취직을 해서 안정된 직업을 가지길 바라셨던 작은아버지의 마음을 충분히 이해한다. 그렇게 해서 세무공무원의 길을 걷게 된 것이다.

직장 생활(대구청)

처음 국세청에 발령을 받고 가발령지인 영주세무서에 가서 하루도 근무를 하지 않고 부임 인사만 하고 바로 서울 뚝섬에 있던 세무공무원 교육원으로 가서 6개월 교육을 받았다. 가발령지란 그쪽 소속으로 봉급을 주기 위해서 임시 발령을 내는 곳으로 교육을 받고 나면 성적순으로 희망지에 따라 정식 발령을 내는 것이다.

아직 모두 어렸고 교육을 6개월씩이나 받아야 하니 마음은 학생이나 마찬가지였다. 월남전에 참전하고 온 사람도 있었고 군에 제대하고 들어온 형들도 더러 있기는 했다. 고등학교 동기들도 몇명 있었는데 월급을 받으면서 공부를 하러 온 것이라는 생각이 들었다. 얼마 안 되는 월급이라 하숙비를 내고 무교동에 가서 막걸리를 한잔하면 딱 맞는 것으로도 젊어서인지 즐겁게 지내고 활기가 넘쳤다.

대학에 가는 것을 포기하고는 책을 보기가 싫었는데 다시 한번 공부를 열심히 해야만 자기가 원하는 희망지에 발령을 받을 수가 있는 상황이었다. 당시 교육대학은 2년이지만 6개월짜리 대학에 왔다고 생각하고 마지막으로 힘을 내자고 스스로 격려를 하면서 열심히 공부했다. 법인세법, 소득세법 등 세목에 따라 과목도 많았고 시험도 자주 봤다. 시험을 보고 나면 계속 희망지를 써내는 기회를 주었다.

성적은 그런대로 잘 나오는 편이라 그때 희망지를 서울에 있는 세무서로 써냈으면 인생이 달라졌을 것이라는 생각이 든다. 왠지 친구들이 있는 고향으로 내려가고 싶었다. 그 당시 심적으로 외로움을 많이 느끼는 일이 있었는지 대구에 있는 친구와 편지도 자주 주고받으며 정든 땅 대구로 내려가기로 마음을 굳혀갔다. 지금 생각해 보면 분명 또 다른 이유가 있었으리라. 교육이 끝나고 첫 발령지가 희망대로 서대구세무서라는 것을 알고는 무척이나 기뻤다.

그 당시 서대구세무서는 북성로 미나까이 건물에 있었는데 미나까이는 일제강점기에 백화점 건물로 똑같은 건물이 평양에도 있었고 우리나라에 몇 군데 더 있었다고 들었다. 첫 근무지에서 같이 있었던 분들이 생각난다. 그때 사무실에는 학교 선배님들이 많았고, 막내라서 특별히 잘 보살펴 주셨던 것 같다.

특히 정이 많았던 계장님이 생각난다. 집사람과 연애할 때 같이 따라다닐 정도로 친한 선배님도 계셨는데 자기 처제 때문에 형수님의 부탁으로 혹시나 하고 열심히 따라다니며 우리 관계를 파악했다고 집사람이 있는 데서 실토를 했다. 그분들의 건강을 두 손 모아 빌어 본다. 그런 분들의 도움을 받아서 좋은 추억이 많이 쌓여 있다.

첫 발령을 받은 직원들은 몇 명씩 처음 며칠간은 각 과를 돌면서 견습을 하고 있었는데 그때 아무나 근무하지 못한다고 평이 나 있던 재산세계에 나이 많고 노련하신 계장님이 보고 있다가 나를 뽑은 것이다. 지금도 눈에 선한데 청도 분이시고 검은안경테에 말씀도 조용히 하시면서 정도 많으신 분이셨다. 그 계장님 밑에서 다른 사람들한테 인정 받을 정도로 일을 열심히 했다.

아버지는 일찍 돌아가셨다. 내가 어릴 때였으니까 아버지는 사진으로만 봤다. 할머니가 한 번씩 말씀해 주셨는데 키도 크고 너무 잘 생기셨는데 일찍 돌아가셨다고 하셨다. 어릴 때는 무슨 뜻인지 잘 몰랐는데 나중에는 짐작을 하게 되었다. 아버지는 안 계셨지만 내가 장손이라 가족들의 사랑을 독차지하며 처음에는 어머니와 할머니와 고모가 같이 살았다.

'부선망 단대독자라는 말이 맞는 말인지 모르겠다. 그래서 나는 방위병 출신이다. 그 당시에 작은아버지께서 군청에 과장으로 계셨는데, 본의 아니게 고령군청 병사계 병무 보조요원으로 군 생활을 마쳤다. 방위병 생활을 마치고 복직을 할 때쯤에 전에 근무했던 서대구세무서의 계장님이 직접 찾아오셨다. 스카우트를 하러 오신 것이다. 내가 올 때까지 자리를 비워 놓았다면서 복직 희망을 서대구세무서 전에 있던 자리로 하라는 것이었다.

그래서 남대구세무서와 분리되기 전에 당시 한강 이남에서 제일 크다는 서대구세무서에 다시 복직을 했다가 남대구세무서로 분리되면서 남대구세무서에도 근무를 했다. 첫 발령지였던 서대구세무서에는 4년 가까이 근무하면서 온갖 추억이 서린 곳이다.

어느 날 서장님께서 불러서 서장실에 갔더니 '관내 부동산 1차 투기지역 지정'이라는 중요한 일을 직접 맡기면서 당부 말씀도 하셨다. 혼자서 힘들었지만 1차 투기지역 대상지였던 평리동을 열심히 쫓아다니면서 현장 조사를 하고 서장님께 직접 보고를 드리면서 일을 잘 마무리할 수 있었다.

이렇게 서장님까지 관심을 받으며 선배님들의 시기와 질투도 감내해 내면서 대학에 안 가는 대신에 화풀이라도 하듯이 열심히 일하면서 청춘을 불살랐다.

또 한 가지 잊지 못할 일은 '재산제세계산 조건표'라는 책자를 처음 만들어서 대구청은 물론이고 서울 및 수도권 세무서에 판매를 한 적이 있다. 아주 편리한 책이라서 호응이 좋았다. 돈을 벌기보다는 직원들의 편의를 위해서 거의 실비로 배부했는데 나중에 본청에서 감사를 나온 직원도 가지고 다닌다는 소리를 듣고 흐뭇했다. 보람이 있는 일이었다.

그러다가 재산제세 업무가 여러 가지 이유로 싫증이 나기 시작했고 대구서 법인세과에서 근무하다가 승진하게 되어 경주세무서로 갔다. 경주서에서는 1년을 근무하면서 가족들과 함께 재미있게 지냈던 기억이 많다. 계속해서 대구시내만 근무하다가 경주에 오니 가족들이 너무 좋아했다. 그렇게 잘 지내고 있는데 서대구서에서 과장님으로 모셨던 분이 서장님이 되어 부임하셨다.

경주에서의 생활은 평화로웠다. 그 당시 경주가 인구 대비 자전거가 제일 많은 도시였다. 살기 좋은 도시를 선정하는 요소 중에 하나가 인구 대비 자전거라는 말이 있었다. 따뜻한 봄날에 가족들과 각자 자전거를 타고 줄을 지어서 황성공원을 갈 때는 행복을 느꼈다. 마치 어미 닭과 병아리가 줄을 서서 나들이를 나가는 모습을 연상케 했다.

바로 집 앞에 성건동 성당이 있어서 마음은 더 평온한 것 같았다. 그때 시간을 내서 영세를 받았어야 했는데 바쁘다는 핑계로 나중에 분당에 살면서 영세를 받았다. 그냥 집사람 따라서 성당만 오고 갔다. 내 마음속에 경주는 평온하게 정이 든 도시로 기억되고 있다. 그 후로도 왠지 경주에 가면 마음이 편했다.

그런데 어느 날 서장님이 서울청에서 '우수인력 지원'을 받고 있으니 서울로 가서 근무해 보는 것이 어떠냐고 서울로 가기를 권했다. 승진을 해서 경주에 왔으니 1년이 지나면 대구시내로 다시 들어가야 되는데, 서울로 가고 싶은 이유 중에 하나는 큰애 영주가 학교 들어갈 나이가 됐으니 우리 애들을 서울에서 공부를 시키고 싶은 마음도 한몫을 했다.

이런 기회가 왔으니 서울로 올라가서 적응을 해 보고 안 되면 다시 내려오겠다는 생각으로 지원을 했었다. 그래서 두 번째 서울 생활이 시작된 것이다.

●

서울 생활(연희동)

서울청 조사국을 지원해서 들어갔는데 서대구에서 모셨던 서장님이 본청에 근무하고 있어서 도움을 받았다. 같이 올라온 다른 사람들 중에는 강남쪽의 일선서를 희망하는 사람도 있었는데 나는 크게 내다보고 서울에 와서 조사국의 일을 제대로 배우겠다는 생각이 있었다.

서울 생활이 시작되면서 가족들은 경주에 두고 혼자 먼저 올라와서 화양리 작은아버지 집에서 잠시 있다가 가족들이 올라오면서 연희동 서대문구청 아래 있는 연립주택에 터를 잡았다. 지방과는 집값 차이가 너무 많이 나서 아파트에 들어갈 수는 없었다. 마침 당숙 되시는 분이 연희동 일대에 다가구주택을 짓고 있어서 집은 쉽게 구할 수 있었다.

큰애 영주는 연희동 산기슭에 있는 초등학교에 입학을 했고 서울청 조사국에 근무하면서 여러 가지 어려움이 많았다. 가족들에게 미안한 마음이 들 정도로 경제적으로 어려운 생활이었지만 그래도 그때가 행복했다는 생각이 든다. 가끔씩 그리울 때가 있어서 그곳에서의 생활이 한번씩 생각이 나기도 한다.

쉬는 날은 서대문구청 뒷산을 가족들과 텐트랑 돗자리, 배드민턴 채, 버너랑 라면을 챙겨 들고 오르내리면서 소박한 행복을 누리고 있었다. 딸내미가 다니는 학교가 산기슭에 있어서 힘들게 오르내리는 것을 보고 안쓰러운 생각도 들고 나중에 아가씨가 되어서 다리통이 너무 굵어지면 어쩌나 하고 걱정하면서 그런 말을 하고는 집사람과 웃기도 했다.

영주는 예쁘고 귀여웠으며 누나라서 동생도 잘 돌봐 주었고 영민이는 똑똑하고 잘 생겨서 인기가 많아 학교에서 반장도 하면서 우리 애들 둘은 낯선 서울에 와서 잘 적응하고 건강하게 잘 자라 주었다.

사무관이 되어서 한번은 지난날에 대한 이야기를 발표하는 자리가 있었다. 그때 서울청 조사국에서 근무할 때 고생했던 이야기를 했는데, 봉급 받는 날을 며칠 앞두고 가족들과 고기가 먹고 싶었는데 돈이 떨어져서 참다가 아랫집에 사시던 선배님한테 돈을 빌려서 가족들과 식사를 한 적이 있었다는 이야기를 할 때는 나도 모르게 저절로 울컥해졌던 기억이 떠오른다. 그렇지만 그때의 선택이 살아가면서 많은 도움이 되었다.

애들한테도 낯선 서울에 잘 적응하고 정착하면서 연희동에서의 추억이 많았던 것 같다. 영주는 똑똑해서 공부도 잘 했는데 집사람은 처음 입학한 영주가 걱정이 되어서 학교에도 자주 가고 관심이 많았다. 영민이는 반장을 하면서 친구들도 자주 집으로 데리고 왔다. 그 중에 한 친구는 지금도 기억이 선명하다. 다리 밑에 있는 허술한 집에서 살아도 영민이랑 친했다. 좋은 옷은 아니라도 깨끗한 옷을 입고 똑똑하게 보였다. 가정에 무슨 사연이 있겠지 싶었다.

어느 날 영민이 친구들을 초대해서 생일잔치를 조촐하게 했는데 다른 친구들은 좋은 선물을 했지만 그 친구는 연필 한 자루를 선물했다. 내가 그것을 알고 그 친구한테 잘 대해 주라고 하자 어린 영민이도 그것이 다른 선물들보다 값진 선물인 줄 알고 있었다. 연희동처럼 잘 사는 사람과 못 사는 사람들이 섞여사는 곳에서 영주와 영민이가 같이 살아보는 게 다행이라고 생각했다.

자동차가 그리 많지 않았을 때 강남에 사는 아이가 글짓기를 하면서 자기 집에는 차가 두 대밖에 없어서 가난하다고 했다는 그 말이 생각났다. 분당에 이사를 오고도 연희동이 그리워서 집사람과 몇 번을 갔었다.

분당에 살면서

지금은 없어진 방산세무서에 근무할 때 분당신도시가 생기면서 아파트 당첨이 되었다. 지방에 있다가 상경해서 아파트 입주는 생각지도 못하고 있었는데 인기가 좋은 분당신도시 아파트 32평형이 147대1의 경쟁률을 뚫고 당첨이 된 것이다. 하느님이 보우하사 서울청 조사국에서 고생한 것을 알아준 것이다.

지금은 조금 더 넓은 평수로 이사해서 살고 있지만 그 당시엔 연희동 다가구주택에서 살다가 32평 아파트가 대궐 같아 보였다. 쉬는 날은 집사람과 틈만 나면 그 먼 곳에서 달려와서 아파트가 올라가는 공사 현장을 둘러보곤 하면서 행복을 꿈꾸었다. 본청 재산세국에 있을 때 여러 사람들의 축하를 받으며 분당에 입주해서 두 번째 터를 잡은 것이다.

그 당시 국세청 재산세국에 있다가 승진해서 강남서로 왔다. 흔히 말하는 아무나 갈 수 없는 자리고 우스갯소리로 족보에 올라가는 자리라고 했다. 경주에서 모셨던 과장님이 계셨기에 편하게 지냈지만 과를 통솔하는 부담이 있는 자리였다. 사고도 많이 나고 신경이 많이 쓰이는 자리라서 1년 정도 있다가 세무사 공부를 해야겠다는 생각에 민원실로 자리를 옮겼었는데 얼마 되지 않아서 남산서에 계장으로 자리를 옮기게 되었다. 직원이 몇 명 되지 않고 조용한 자리여서 하던 공부를 계속하기 위해 지원을 한 것이다.

그런데 또 얼마 되지 않아서 국세청 조사국으로 불려갔다. 상의도 없이 잡아당긴 계장님을 원망하며 바쁜 자리라 공부를 중단할 수밖에 없었다. 중요한 자리라 상의 없이 당긴 걸 미안하게 생각한다는 계장님은 학교 선배님이라 어쩔 수 없이 근무하고 있다가 국제조세업무가 매력이 있어서 그쪽으로 자리를 옮기면서 본청에서 다양한 경험을 해 봤다. 그 당시에는 어려웠지만 나중에는 큰 도움이 되는 좋은 기회였다고 생각된다.

다음 이동 때 본청에 있다가 서초서 법인계장 자리라고 알고 왔는데 퇴직하기로 했던 나이 드신 계장님이 마음을 바꾸는 바람에 차석으로 몇 개월 지내다가 조사계장으로 갔었다. 첫 발령지 서대구세무서에 근무할 때 과장님이셨던 분이 서장님으로 오셔서 잘 지내고 있다가 틈틈이 세무사 공부를 했는데 좌절을 맛보게 되었다. 시험운은 없는 듯하여 포기하고 있을 때 국세청 콜센터가 생기면서 상담 요원으로 스카웃 되어 가게 되었다.

고생하는 자리였지만 사무관승진을 해야겠다는 생각에 참고 열심히 근무했다. 끊었던 담배를 피워야 할 만큼 스트레스를 많이 받았지만, 직원들을 통솔하는 자리라서 근무 환경에 불평이 많은 직원들과 어울리며 잘 컨트롤하고 있었다. 센터장이 여자분이라 센터 분위기를 바르게 조성하는 데 많이 의지하는 바람에 책임감을 느끼면서 열심히 근무를 하고 있었다.

그러다가 관세청장으로 계셨던 분이 국세청장으로 오시면서 제일 먼저 콜센터를 찾은 것이다. 그 당시 발족한 지 얼마 되지 않아서 업무의 폭주로 몹시 힘들어하는 직원들과 전국에서 걸려 오는 국세 상담을 하는 납세자들 간의 마찰이 신문기사에도 오르내리면서 주목을 받고 있었다. 그 당시 직원대표로 근무 환경의 개선책을 위하여 청장님과 마주앉아 허심탄회한 대화를 나누기도 했다. 나의 생각과 의견이 나중에 많이 반영되었다.

그리하여 분당에서 여의도까지 버스로 출퇴근을 하면서 엄청 고생한 대가로 사무관 승진을 하였다. 2002년 6월 29일 모범공무원 표창을 받아 집사람과 같이 육로로 금강산 관광까지 다녀오는 영광도 있었다. 지금까지도 나를 믿고 콜센터로 스카웃하신 분에게 고맙게 생각하고 있다.

사무관이 되어 중앙공무원교육원에서 교육을 받기 위하여 사전에 써내는 자기소개서를 장문으로 써낸 기억도 있다. 살면서 몇 번이고 느끼게 되는 무언가 보이지 않는 손에 의해 자기 의도와는 다른 방향으로 끌려가는 느낌이 있고 결과는 좋은 방향으로 흐른다고 썼다.

살면서 중요한 일에는 분명 누군가가 도와주고 있다는 느낌을 여러 번 받는다. 결과적으로 지금 생각해 보면 세무사 시험을 포기하고 사무관이 된 것이 오히려 잘된 일이다. 세무사가 되어 퇴직을 했으면 경제적으로는 좀 나은 삶을 살았을지 모르지만 세무공무원이 되어 기관장으로서의 내 역량을 펼쳐보지는 못했을 것이다.

살면서 겪게 되는 일이지만 점점 운명론을 믿게 되는 사건들이 몇 번씩이나 일어난다. 운명론이란 세상의 모든 일이 모두 미리 그렇게 되도록 정해져 있고, 인간의 노력으로 그것을 바꿀 수 없다고 하는 이론이지만, 산다는 것은 스스로의 운명을 만들기 위하여 우연을 선택으로 바꾸는 것이라고 생각한다.

사무관 시절

사무관이 되어 성남서 납세자보호담당관으로 발령을 받았다. 대부분은 지방으로 가는데 성남서에 눌러앉은 것이다. 서장님과 호흡도 잘 맞고 첫 발령지라 일을 하면서도 무언가 새로운 방법을 찾아서 하고 싶었다. 서별로 민원실을 개조하라는 지시가 있어서 서장님의 전폭적인 지지를 받으며 예산 때문에 총무과장과 다투기도 하면서 내가 하고 싶은 대로 일을 추진했다.

민원실을 찾는 납세자가 현관을 들어오면 다른 사람에게 묻지 않고도 업무별로 쉽게 찾아올 수 있도록 바닥에 민원실 따라서 몇 가지 색으로 줄을 그어서 구분하고 민원실 유리창에도 같은 색으로 띠를 둘렀다. 사무실도 깨끗하게 보이고 반응이 좋아서 다른 세무서에서 벤치마킹해서 가기도 했다. 요즈음 고속도로 톨게이트에서 나가는 방향의 표시로 색깔별로 바닥에 줄을 그어 놓은 것을 보면서 내가 원조가 아닌가 생각한다.

한 가지 잊지 못할 사건이 있었다.

어느 날 빨리 처리할 중요한 일이 있어서 고개를 숙이고 열심히 일을 하고 있는데 뭔가 섬뜻한 느낌이 들어서 고개를 들어보니 남루한 옷차림의 도사 같은 분이 바로 앞에 있는 소파에 앉아서 내가 고개를 들기만을 기다리면서 쏘아보고 있었다. 나도 모르게 깜짝 놀라면서 느낌상 비범한 사람임을 알 수 있었다.

"과장님, 바쁘신데 죄송하지만 10분만 시간을 내어 주시면 고맙겠습니다. 과장님에게 아주 중요한 일입니다."

그 사람이 나에게 말을 걸었다. 나는 중요한 민원인가 싶어서 그 사람이 앉은 소파로 갔더니 조그만 키에 손톱과 눈썹은 길고 몰골은 형편없는데 눈빛은 강하게 느껴졌다. 옆에는 깡통과 큰 종이 하나와 매우 크게 보이는 붓 같은 것을 종이에 말아서 소파 밑에 두고 있었다. 자기는 여주 신륵사 암자에 기거하면서 도를 닦는 사람인데 쌀이 떨어져서 아침에 일어나서 마음이 끌리는 대로 발길이 닿는 대로 왔는데 여기까지 오게 되었다며, 소파에 앉아서 내가 일하는 것을 한참을 쳐다보고 있었다고 했다.

자기소개를 간단히 마치자 자기가 투시와 관상을 본다고 하면서 나에게 다시 말을 걸었다.

"과장님, 저쪽에서 자제분 이름을 한자로 적고 몇 번 접어서 저에게 주세요."

그리고 보자기로 자기 눈을 가렸다. 나는 아들 이름을 쪽지에 써서 몇 번 접어서 주었더니 정말 이름을 알아맞히고 보자기를 풀었다. 직원들도 일을 하다가 신기한 듯 쳐다보고 있었다.

이번에는 내 관상에 대하여 말로 하지 않고 종이에 적어 내려가기 시작했다.

"수명은 91세고 인삼은 먹지 말 것이며, 아내 성질은 건드리지 말고 잘해 주라. 그리고 부인이 복이 가득하고 내조를 잘해서 이제는 고난과 어려움은 다 지나가고 좋은 일이 많이 닥칠 것이며 자제분 중에 한 사람은 만인을 움직일 거목이 될 것이다."

이런 내용이었는데 지금도 적어준 종이를 가지고 있다. 그러고는 주고 싶은 게 있다면서 문중이 전지와 큰 붓과 먹물이 든 깡통을 꺼내더니 큰 붓이라 양손으로 혼신의 힘을 다하여 '수덕경원'이란 글자를 한자로 썼는데 과연 명필이었다. '수' 자와 '경' 자는 '목숨 수(壽)'와 '경사 경(慶)'인데 '덕' 자와 '원' 자는 자기 말로는 9만 자 이상을 알아야 쓰는 글자라고 하면서 사전에도 없는 글자였다. '다정할 덕' '거둘 원'이라고 하면서 그 내용은 "가족의 정으로 오복을 얻었으니 모든 일에 경사를 거두리라"라는 뜻이라고 했다.

그 사람을 다시 보게 되었고 하던 일을 멈추고 잠시 보고 있던 직원들도 눈이 휘둥그레졌다. 나는 지갑을 털어서 얼마 안 되는 용돈을 쥐어주고는 배웅을 했다. 가지고 있는 돈이 적어서 죄송하다고 했더니 괜찮다고 하면서 의미심장한 말을 남기고는 떠났다.

"중도에 그만둘 생각은 하지 말고 기다리면 좋은 일이 있을 것이리라."

그 사람이 써준 글씨를 잘 보관하고 있었는데 이번에 이 글을 쓰면서 다시 한번 찾아보고 표구를 해야겠다는 생각을 했다. 지금 생각해 보면 어쨌든 그 사람의 말이 맞는 것도 있다. '청해 김용식'이라는 분으로 찾을 수 있으면 한번 뵙고 용돈이라도 듬뿍 드리고 싶다. 소설 같은 이야기지만 증거가 남아 있고 이런 일도 있었으니 운명론을 다시 생각해 본다.

성남서에 와서 조금 있으니 중부청 조사국에서 콜이 오기 시작했다. 조사국 경력이 있으니 들어오라는 것이다. 어차피 서울청 조사국에 잡혀 갈 바엔 거주지가 있는 중부청이 좋겠다는 생각에 중부청 조사국에 지원을 해서 들어가게 되었는데 이때부터 본격적인 조사업무를 보게 된 것이다.

직원들을 데리고 작은 기업부터 대기업까지 세무조사를 하면서 조사업무에 대한 안목을 넓혀갔다. 큰 기업체의 사람들도 많이 알게 되었고, 근무하는 보람도 느끼면서 조사업무의 노하우도 쌓여갔다. 힘든 일도 많았지만 다른 업무보다는 적성에 맞는 것 같았다.

조사국에 근무할 때 선배님 중에 중부청장을 하신 분이 있다. 그분은 내가 보기에는 천재다. 학교 졸업 후 한국은행, 삼성그룹, 행시 합격의 경력과 악기도 잘 다루시고 특히 하모니카 솜씨는 일품이다. 내가 좋아하는 〈산포도 처녀〉라는 노래도 어느 모임에서 멋지게 부르시는 것을 보고 배운 것이다. 우리 딸내미 결혼식 주례까지 해 주셨는데 지금도 안동에 계시는 친구분하고 세 사람이 형제같이 가까운 정을 느끼며 친하게 지내고 있다.

안동에 계시는 분도 정이 많고 훌륭하신 분이다. 전에는 골프도 같이 하고 해외도 가곤 했었는데 요즘에 와서는 국내 유적지 여행을 몇 번 했다. 두 분의 오랫동안 다져온 우의는 옆에서 보면 부러울 정도다. 삼국지를 따라서 중국 여행을 같이 가자고 했었는데 실행을 못하고 있다. 세월이 자꾸 흘러가니 두 분의 건강이 걱정된다.

중부청 조사국에 운 좋게도 5년 넘게 있으면서 세무조사는 많이 해봤다. 조사국 근무는 힘든 점도 있지만 국세청에서 꽃이라고 하는 부서로써 긍지와 자존심을 가지고 근무하라고 만나는 후배들마다 자주 이야기를 했었다. 나중에 만나더라도 상사로서 가장 보람 있는 일이라고 생각되어 직원들한테는 승진에 대하여 신경을 많이 써줬다.

2008년 12월 31일에 대통령표창도 받는 영광도 있었으며 조사1국에서 계속 근무를 하다가 서기관 승진을 하고서는 조사3국으로 자리를 잠시 옮겼다가 국무총리실에 파견근무를 하게 되었다.

서기관 시절

내가 근무하던 국무총리실의 '정부합동 공직복무점검단'은 각 부처 기관에서 파견근무를 나온 사람들이 모여서 근무를 하는 곳이었다. 업무 자체도 스트레스를 많이 받고 어려운데다 타 부처 직원들과 같이 근무하는 것이 쉬운 일이 아니었다.

그 당시에 타 부처 직원들과 어려운 여건 속에서 같이 고생을 많이 해서 정도 많이 들었다. 2010년 12월 31일에는 그곳에서의 근무를 마치고 국세청으로 복귀할 때, 같이 근무했던 직원들의 이름과 '지기추상 대인춘풍'이란 글씨와 마패가 그려진 귀중한 패를 하나 받았다. 퇴직을 하고서도 현직에 있는 직원들과 함께 실장님을 중심으로 오랫동안 모임을 같이 했었다.

총리실에 근무할 때 큰애 영주가 대학을 졸업하고 직장에 다니고 있다가 결혼을 하게 되었다. S 전자에 다니는 사위는 대학원까지 졸업한 우수인력이고 사돈 내외는 연세가 좀 있으시고 점잖으신 분들이다. 딸내미가 우리 집 옆에서 오랫동안 살다가 사위가 미국회사에 들어가는 바람에 지금은 미국에서 살고 있다.

딸내미 덕분에 우리 내외는 미국을 몇 번이나 왔다갔다 했고, 이번에 좋은 집을 샀다고 해서 내년 3월에 또 들어가려고 집사람과 준비를 하고 있는데 벌써부터 마음이 설렌다. 이번에 미국에 가서는 지금 하고 있는 흔적을 남기는 일을 하면서 조용히 글도 쓰고 정리를 하고 올 계획이다.

딸내미가 옆에서 살 때 첫 손녀는 우리가 키우다시피 하면서 정이 많이 들었고 '첫 손녀는 전생에 애인이었다'는 말이 있는데 그게 맞는가 싶을 정도로 좋아했다. 은근히 매력이 있는 둘째 손녀도 태어나서 손녀들을 키우면서 느끼는 행복한 순간들을 마음껏 누리면서 살았다. 두 손녀는 공부도 잘하고 똑똑해서 양가의 귀여움을 많이 받았으며, 사랑하는 우리 손녀들 이름은 연지우, 연지안이다.

총리실에 근무하다가 직원들이 각 부처로 복귀해야 될 사건이 생겨서 국세청으로 복귀하면서 같이 승진한 사람들보다는 조금 빠르게 제천 세무서장으로 발령이 났다. 울고 넘는 박달재가 있는 제천에 와보니 주위에 관광지가 많아서 생각보다 깨끗하게 정비된 도시로 세무서 옆에 텃밭이 있는 관사도 있고 근무 환경이 좋았다. 집사람도 그때 관사에서의 생활이 너무 좋았다고 자주 말한다.

주위에는 관할구역인 단양을 비롯하여 경치 좋은 영월과 정선

이 가까이 있고 영주·풍기와 접하므로 세 개의 도가 만나는 곳으로 사람들도 섞여 있는 곳이고 순수했다. 시청을 비롯하여 지원과 지청, 경찰서, 소방서, 대학교, 교육청, 철도청 등 기관이 많았으므로 기관장 모임을 하면서 재미있게 지냈다.

관광지로도 유명한 배론성지에 계시던 신부님도 알게 되어 나중에 아들내미 결혼식 주례도 해 주셨고 친하게 지내면서 아직까지도 한 번씩 만나고 있다. 수원 가톨릭대학의 교수로 계시다가 지금은 단양성당의 주임 신부님으로 계신다.

제천서에 부임해서 우선 지지분한 울타리 및 이정표 등 세무서 주위의 환경을 깨끗하게 정비했다. 제천에 있을 때 짧은 기간이었지만 두 가지 기억나는 일이 있다.

하나는 세무서 강당에 역대서장 사진을 구해서 재임 기간을 넣어 게시하는 작업을 했었다. 대구청이나 서울청 산하에 있는 세무서에는 강당에 역대 서장들 사진을 게시하고 있는데 대전청 산하에는 안 되어 있는 세무서가 대부분이라고 했다.

어떻게 보면 그 세무서의 지나온 역사나 마찬가진데 게시하는 것이 좋겠다고 생각되어 역대서장 사진을 구하는 작업을 시작하여 직원들의 수고로 어렵게 모두 구해서 완성하였다. 내가 37대 서장이고 옛날에 계시던 서장님들 중에는 돌아가신 분들도 많이 계셨고, 개별적으로 연락이 안 되면 본 지방청을 쫓아다니며 직원들이 고생을 많이 하였다.

또 다른 하나는 아름다운 납세자상을 관내 납세자가 수상할 수 있도록 노력하여 좋은 결과를 얻었다. 시골이라 기부나 봉사 활동을 많이 하신 납세자를 찾아내는 것이 쉽지 않았으나 본청에도 어필될 수 있도록 직원들과 열심히 노력한 대가였다. 대전청에서는 드문 일이라서 수고한 직원들의 사기도 한층 올라갔다.

한편 제천에 있는 의림지, 청풍호, 배론성지를 비롯하여 단양팔경, 영월, 정선, 풍기 등 명소가 많은 곳이므로 쉬는 날은 집사람과 곳곳을 다니며 좋은 추억을 담고 있었다. 직원들과도 주위 명산을 등산하면서 정을 많이 쌓고 있었는데 1년도 채 되지 않아 갑자기 성북세무서로 발령이 났다. 아직 돌아볼 곳이 많이 남았는데 예상치 못하게 서울로 발령이 나는 바람에 정든 직원들과 텃밭을 일구면서 정이 많이 든 관사를 두고 떠나야 했다.

총리실에 있을 때 고생을 한 것이 반영된 것인지 평택서장과 함께 두 사람만 수시분으로 발령이 난 것이다. 성북서에 오면서 이제 마지막으로 근무하는 곳이 될 수도 있겠다는 생각이 들어 그동안 많은 혜택을 누린 국세청을 위하여 열심히 봉사하겠다는 각오를 가지고 부임을 했다.

성북서는 서울 속에 시골 같은 느낌을 받는 곳이다. 납세자들은 오랫동안 그곳에서 뿌리박고 사업을 영위한 사람들이라 정이 많고 순수한 특색이 있다. 조그만 사업을 하던 영세사업자들이 많은 곳이라 사정이 어려운 세금 체납자들도 많았다. 부임을 하자마자 서울청내 체납세 정리 하위관서라는 오명를 벗고 싶어서 하나하나 챙기면서 직원들과 부단히 노력한 결과 취임 100일만에 체납세 정리 BSC 목표 달성 1위를 달성하여 전 직원들과 자축행사를 했다.

그리고 성북서에는 아직까지 존재하는 성명회가 있는 곳이다. 성명회란 '성북세무서 명예서장 협의회'를 줄인 말로 지역 대납세자들이 세무서와 유대관계를 가지고 세정에 협조하는 자생 단체로 해마다 납세자의 날에 지정되는 명예서장을 중심으로 움직이며, 지역에 맞는 세정을 건의하고 협의하는 역할을 한다. 지역에 기반을 둔 오래된 납세자들끼리 모임을 하면서 자기들끼리 관계가 돈독하다. 그 당시 회장이던 분과 다른 두 분과는 퇴직 후에도 의형제를 맺어 아직도 부부 모임을 하고 있다.

성북서에 있으면서도 관내 납세자에게 '아름다운 납세자 상'을 수상하게 하였으며, 퇴직할 무렵에는 '역대 세무서장과 역대 명예서장 세정간담회'를 구상하여 전무후무한 행사를 치르고는 좋은 반응을 얻기도 했다. 퇴직 후 그 행사에 참석하셨던 분들을 만나면 아직도 그 행사 이야기를 하는 분들이 많다.

그럭저럭 성북서에서 1년을 넘게 있으면서 퇴직을 생각할 시간이 다가오고 있었다. 평생 몸담았던 직장이라 퇴직을 생각하니 만감이 교차하면서 두려움과 아쉬움이 함께 밀려오는 묘한 감정을 느끼게 했다. 연말에 퇴직하라는 본청의 권유에도 불구하고 생각

한 바가 있어서 2012년 10월 31일 38년간의 국세공무원직을 내려
놓고 세무사라는 제2의 인생을 위하여 명예퇴직을 하게 되었다.
퇴임식을 하면서 조그만 선물을 마련하고 초청하고 싶은 사람은
모두 초청해서 공직생활의 마지막을 장식했다.

그리고 한참 지나서 대통령으로부터 2013년 6월 30일 홍조근정
훈장이 도착했다.

●
세무사 생활

'retirement!'는 사전에는 '은퇴'라고 되어 있지만 단어 구성의 의
미와는 차이점을 발견할 수 있다. '은퇴'는 쉬라는 뜻이 많이 내포
되어 있는 말이고, 'retirement'는 타이어를 갈아 끼우고 다시 달리
라는 뜻이 아닌가 하고 생각한다.

퇴직하고 처음에는 '세무법인 다솔'이란 큰 세무법인의 부회장으
로 들어가면서 2012년 11월 16일 지금의 사무실이 있는 분당 판교
에 개인 사무실을 개업하게 되었다. 튼튼한 타이어로 갈아끼고 중
부청 조사국에서의 장기 근무를 기반으로 왕성한 활동과 함께 주
위 분들의 많은 도움을 받으면서 비교적 순조롭게 출발했다.

개업식을 하는 날 또 하나의 운명이 결정되었다. 아들 영민이가
대학에 다니면서 남녀 친구들을 몇 명 데리고 와서 개업식에 오신
손님들에게 음식을 가져다주며 도와주고 있었는데 그중에 눈에

띄는 여자친구가 있었다. 그 후로도 결정적으로 기억하게 한 것은 영민이가 집에 갔다 놓은 여자친구의 대학원 석사 논문을 보고 관심을 보인 적이 있었는데 그 여자친구가 우리 며느리가 되었다. 한 번씩 안부를 물으며 관심을 보인 영향도 분명히 있었으리라.

아들 영민이는 조선호텔에서 결혼식을 했는데 제천 배론성지에서 만난 신부님이 수원 가톨릭대학의 교수로 계셔서 주례를 부탁드렸다. 지금은 며느리가 고생 끝에 고맙게도 손자 손녀 쌍둥이를 낳아서 건강하게 잘 키우고 있다. 특히 엄마의 괴력을 발휘하면서 쌍둥이 손주를 키우고 있는 며느리가 안쓰럽고 고맙기만 하다. 너무 잘 생기고 귀여운 우리 손자 손녀 이름은 조이한, 조이재이다.

사무실은 운이 좋게도 다른 세무사 사무실의 거래처를 인수할 수 있는 좋은 기회가 생기면서 직원의 숫자도 늘어났고 기반도 어느 정도 잡을 수 있었다. 그동안 '세무법인 다솔'로 있다가 분리되어 뜻이 맞는 몇 사람들과 '세무법인 포유'를 설립하여 운영하고 있다.

지금은 아들 영민이가 같이 근무하고 있어서 맡기고 건강관리도 하면서 편하게 지내고 있다. 우리 사무실에 근무하는 직원들은 모두 장기근속 직원으로 성실하게 열심히 근무하는 직원들에게 무한한 고마움을 느낀다.

분당 판교에 있는 서장 출신 세무사들과 '판서회'라는 모임을 만들어 좌장격인 권 대감님을 중심으로 골프도 하면서 즐겁게 지내고 있다.

그동안 잊고 있었는데 글을 쓰면서 생각하니 분당에 살면서 감사하게 생각해야 될 한 사람이 생각났다. 서울에 와서 처음 근무처인 서울청 조사국에 근무할 때 우리 팀의 차석으로 있던 옥 주사님에게 감사를 드려야 될 것 같다. 나중에 필요할 수도 있으니 주택청약예금을 하나 들어 놓으라고 조언을 해 준 것이 147대1의 경쟁률을 뚫고 분당신도시에 당첨이 되는 영광을 안겨다 준 것이다. 감사하게 생각하며 정이 많고 이빨을 드러내고 웃으시던 인자하신 얼굴을 한번 떠올려 본다.

분당과의 인연은 첫 직장 생활을 하던 1970년대로 서대구세무서에 근무할 때에 체납세 정리차 체납자를 찾아서 당시 경기도 광주군 돌마면 야탑리를 다녀간 적이 있었다. 그곳이 지금 내가 사는 분당이다. 그 멀리서 살다가 이곳에 와서 살게 될 줄은 꿈에도 생각지 못했는데 참으로 아이러니한 일이 아닐 수 없다. 이 또한 운명론과 결부시키는 건 억지인가?

천당 밑에 분당이란 곳에 살고 있으면서 온갖 혜택을 다 누리고 있음에 주님께 감사드린다. 그래서 요즘엔 성당 지역모임과 봉사활동에도 열심히 참석하고 있다. 우리 성당은 신자 수가 15,000명을 넘는 우리나라에서 제일 큰 성당이다. 처음 분당신도시 입주가 시작될 때 얼마 전에 선종하신 평화방송 프로그램 〈그건 이렇습니다〉로 유명하신 김영배 신부님께서 혼신을 불어넣어 완성한 작품이다. 신부님은 훌륭한 흔적을 남기신 것이다.

분당에 살면서 누구보다 분당을 사랑하는 분당 예찬론자다. 분당에는 뉴욕의 센트럴파크 못지않은 중앙공원이 있고 소위 말하는 골프 8학군으로 주위에 명문 골프장과 연습장이 차고 넘친다. 중 대형 백화점과 병원, 지하철을 비롯한 교통망, 공원 등 생활 편의 시설면에서 인프라가 전국 어느 도시보다 잘 구축되어 있다고 자부한다.

어디 그뿐인가 주민들의 건강을 위한 대형 헬스장들이 곳곳에 있고 주위에서 바로 접할 수 있는 크고 작은 산들도 많다. 평지길이 대형공원들과 개천을 따라서 마련되어 흐르는 물소리와 새소리를 들으며 걸을 수 있는 천혜의 자연환경을 자랑하는 분당이다.

특히 내가 사는 아파트 단지 내에는 탄천으로 흐르는 분당천을 따라서 위로는 호수공원인 율동공원, 아래로는 가까이 붙어있는 중앙공원을 향하는 평지길이 길게 연결되어 있다. 저녁마다 거의 매일 집사람과 걷는 길이다.

이보다 더 좋은 곳이 어디 있을까?

어느 따뜻한 봄날 탄천길과 분당천길에 하얀 벚꽃잎이 활짝 피어서 흩날리고 노란 개나리가 흐드러지게 만발한 날, 분당 서울대병원에서 탄천을 따라 판교 사무실로 오면서 택시를 타고 있었다. 택시 기사가 분당 사느냐고 묻길래 그렇다고 했더니 그때 기사가 한 말이 기억에 오래 남는다. 그 사람도 어디서 들은 말일까?

"손님, 손님은 참 좋겠어요. 분당이 꼭 천당 같아요."

분당에 살면서 주님께 늘 감사한 마음으로 살아간다.

가야의 상징인 철로 만든 동상

친구야

인간의 영광이 어디서 시작하고 끝나는지를 생각해 보라.
나의 영광은 그런 훌륭한 친구들을 가진 데 있었다.
(Think where man's Glory most begins and ends, and say
my Glory was I had such Friends)
- 윌리엄 버틀러 예이츠(William Butler Yeats)

'참된 친구'란 인생관과 가치관을 공유하며 인생에 부침을 넘어서서 서로 상대방의 인격과 덕(德)을 보고 사귀며 서로 아끼면서 허물도 덮어줄 줄 알며 변치 않는 사랑을 나누는 친구를 말하는 것이다.

"외롭게 사는 한 노인이 친구와 통화를 하고 있었는데 그때 그 노인의 목소리는 소년과도 같았고, 그의 표정은 기쁨과 행복함이 차고 넘쳤다."

어떤 글을 보고 공감하면서도 한참을 생각하게 한다.

이 세상에 태어나서 배우자와의 만남 다음이 친구와의 만남이다. 배우자는 평생의 동반자이고, 친구는 인생의 동반자이기 때문이다.

친구는 내가 먼저 좋은 생각을 가져야 좋은 사람을 만나게 되고, 내가 멋진 사람이라야 멋진 사람과 함께 어울릴 수 있고, 내가 먼저 따뜻한 마음을 품어야 따뜻한 사람을 만나게 된다.

진실하고 강한 우정을 쌓는 사람이 행복하고 활기찬 인생을 살아가게 되며 인생을 행복하게 살아가기 위해서 필요한 것 중의 하나가 친구다. 주어진 삶을 아주 멋지게 엮어가는 위대한 지혜는 바로 우정이라고 생각한다.

부모 형제에게도 말 못할 어떤 문제가 생겼을 때 감춤이 없이 내 안의 어떤 고통도 이야기할 수 있는 친구면서 기쁠 때는 같이 기뻐해 주고 마음이 아플 때도 의지하고 싶은 친구가 있다면 그 어떤 것보다도 소중한 자산이 아닐 수가 없다. 그런 친구가 자기 옆에 있으면 큰 행복이다.

서로가 황혼역까지 아름답고 멋진 행복의 열차를 같이 타고 동행할 친구가 되어주는 우정의 탑을 쌓아 가도록 노력하면서 살아가야 한다.

어린 시절을 거슬러 올라가면 같이 놀던 동네 친구들이 생각난다. 동네 친구 중에는 우리 집 바로 앞집에 동갑인 친구가 있었는데 나와는 형제처럼 지내던 친구로 지금도 생각하면 애틋한 마음이 일어난다.

어려서 앞뒷집에 붙어서 살면서 무슨 일이 있으면 무조건 내 편이 되어주었던 그 친구는 얼굴이 잘생겨서 여학생들한테 인기도 많았다. 그런데 부모님이 연로하셔서 그랬을 수도 있지만 중학교를 졸업하고 바로 취직을 해서 결혼하고 군대도 가기 전에 두 아들이 있었다.

내 양복이 좋아 보인다고 빌려 입고 결혼식을 올렸다. 그 친구가 군대에 있을 때 시골집에 갔다가 친구네 애들이 놀고 있길래 데리고 가서 세발자전거를 사준 기억도 난다. 친구와는 나중에 한참 동안이나 연락을 주고 받았지만, 어느 순간부터 친구들한테도 소식이 없다가 내가 서울로 올라오고 한참 후, 강남서에 근무할 때 전화를 해서 이상한 핑계를 대며 돈을 빌려간 적이 있었다. 그 후로 계속 좋지 않은 소식이 들리더니 자기 가족들한테도 소식을 끊어버렸다고 했는데 그 후에도 연락이 안 되니 어떻게 되었는지도 모르겠다. 나이가 들면서 한 번씩 고향 친구들 생각이 날 때에는 그 친구 생각이 먼저 나면서 보고 싶어진다.

어릴 때 같이 놀던 동네 친구들은 뿔뿔이 흩어져서 못 만나고 있지만 읍내에 있던 고향 친구들과는 부부모임을 하면서 옛정을 나누고 있다.

그중에 한 친구가 경북 청도에다 집을 아주 멋지게 지어 살기 때문에 청정지역 힐링을 하러 자주 왔다갔다 한다. 이 친구 부부는 초등학교 동창이라서 그런 점도 있지만 돈을 많이 벌어서 고향 친구 모임을 위해서 헌신적이고 친구들에게도 베풀면서 살기에 누구보다 친하고 가깝게 지낸다. 고향 친구들과는 공감하는 추억이 많아서 만나면 이야깃거리가 많고 항상 즐겁고 정겹다.

고향 친구 얘기를 할 때는 빼놓을 수 없는 조금 일찍 고인이 된 친구가 있다. 이 친구는 고령읍에서 사진관을 하고 있었는데 재주가 많았고 정이 많은 친구다. 내가 국세청 서기관으로 승진했을 때 자기 일같이 좋아하며 고령읍 사방팔방에 현수막을 걸고 기뻐하고 축하했던 친구다.

협심증으로 몸 상태가 안 좋아서 병원에 입원해 있는 친구를 보러 갔다가 괜찮을 것 같아서 안심하고 서울로 올라오자마자 며칠 안 되어 장례식장으로 다시 내려가야만 했다. 어릴 때부터 친한 친구라 한동안은 자꾸 생각이 나서 가슴이 저려오고 눈물이 나기도 했다. 그래도 딸과 부인이 사진관을 잘 운영하고 있고 부인은 고향 친구들 모임에도 계속 참석하면서 허물없이 잘 지내고 있다. 지금도 그 친구 생각을 하면 울컥해서 가슴이 아려온다.

고향 친구들은 그 먼 곳에서 제천서에 부임할 때도 찾아왔고 성북서에서 퇴임식을 할 때도 참석해서 축하해 줄 정도로 정이 많고 순수한 친구들이다. 요즘에 와서는 나이가 들어서 그런지 멀리 떨어져 있지만 만나면 허물없이 떠들어대면서 옛날이야기를 할 수 있는 고향 친구들이 있어서 참 행복하고 좋다는 생각을 자주 한다.

친하게 지내는 친구는 세월이 가면서 처해있는 상황과 환경에 따라 자꾸 바뀐다. 수많은 친구들이 있었고 지금도 만나는 친구들은 많지만 친하게 지내는 친구의 범위는 점점 줄어든다. 나이가 들면서는 자기하고 취향과 조건이 맞고 만나도 부담이 없는 편한 상대라야 자주 만나게 된다.

늦게까지 오래오래 만날 수 있는 친구를 만나기도 쉽지 않지만 그런 관계를 유지하려면 서로가 부단한 노력을 해야 한다. 친한 사이지만 서로 친구로서의 예의도 갖추면서 만나기로 약속하면 적당한 설렘도 있고 만나면 즐겁고 재미도 있어야 된다.

가끔씩 만나는 친구 중에는 중학교 동기 두 명이 있는데 만나서 옛날이야기도 하고 밥이라도 사주고 싶은 정든 고향 친구들이다. 그 중 한 친구는 부부와 같이 골프나 여행도 한 번씩 하고 내가 동창회장을 할 때도 적극적으로 도와준 친구다.

다른 한 친구는 서울에 와서 초기에 연희동에 살 때에 자주 만났고 북한산 등산도 같이하면서 가깝게 지낸 추억이 많은 친구인데 요즘은 화성에 살고 있다. 올해의 마지막 날 세 명이서 만나기로 약속을 했는데 점심식사를 하고 내가 아는 멋진 찻집으로 데리고 갈 생각이다.

서초동 곰탕집 세병관에서 시작된 고등학교 친구 네 명이 만나는 '세병회'라는 모임이 있다. 그 중 한 친구는 내가 동기회 회장을 할 때 운영위원장을 하면서 도와준 친구고 부부가 취향이 맞아서 여행도 같이하고 골프도 하면서 가깝게 지낸다.

다른 두 친구는 한국은행에 들어간 선비 같은 이미지의 친구들이고 그 중 한 친구는 행시까지 패스한 고위 공무원 출신이다. 가끔 연락하고 지내다가 성북서 퇴임식에도 참석한 고마운 친구들이라 만나서 식사를 하다가 자연스럽게 모임이 이루어졌다. 만나면 설렘도 있고 대화도 재미있어 모임이 기다려진다. 이번에 만날때는 조직심리학자 벤저민 하디(Benjamin Hardy)의 『퓨처셀프』라는 책을 사서 선물하려고 준비했다.

공식적인 큰 모임을 제외하고 친구들은 아니지만 고등학교 후배들과 만나는 사적인 모임이 있다. '분수대'라는 모임으로 분당에서 분기별 첫째 수요일에 만나는 대상포럼이다. 골프도 한 번씩 하면서 다재다능하고 훌륭한 후배들이 많아서 재미있게 잘 운영되고 있다. 내가 좌장격이라서 관심이 많지만 편한 모임이고 즐겁게 지낸다.

그외 다른 모임이나 가끔 만나는 친구들도 많지만 골프도 그렇고 부부동반이 많아지는 추세다. 공직에 있을 때는 집사람에게 잘 해 줄 기회가 없었는데 미안한 마음에서 가능하면 그렇게 하고 있다.

지나간 과거보다는 지금이 중요하고 앞으로 남은 시간이 중요하다고 생각한다. 가까이에 있으면서 계속해서 자주 만날 수 있는 친구를 만나기는 쉽지 않다. 부부동반도 할 수 있는 친구라면 더

욱 좋다. 아직까지는 다행히도 몇 사람이 있는 것 같다.

요즘 들어서 자주 만나는 친구는 학교 동창으로 나와 종씨고 항렬이 같아서 남다르게 친밀감이 있다. 우리 부부와 취향이 비슷하고 서로 배려하는 마음이 많아서 골프도 자주 하고 만나면 허물없이 편하게 지낸다. 옛날 말로 하면 부부가 모두 대소간이 넓은 양반이라는 느낌이 든다고 집사람은 말한다. 요즘은 집사람들끼리 더 자주 만나고 친한 친구가 되었다. 이번 겨울에도 친구 사업장이 있는 호치민에 일주일간 집사람과 다녀올 예정이다. 나이 들어서 부부가 같이 친하게 지내는 이런 친구가 있다는 게 주님이 주신 큰 축복이다.

노후의 친구는 첫째는 가까이 있어야 하고, 둘째는 자주 만나야 하고, 셋째는 서로가 존경과 배려가 있어야 하고, 넷째는 취향과 조건이 비슷하고 부부가 함께 할 수 있으면 더 좋다.

크고 작은 모임이 적잖게 있고 좋은 친구들도 많지만 요즘 자주 만나는 친구들을 적어 본 것이다.

내가 사랑하는 나의 모든 친구들아!
우리 모두 건강하고 행복하기를 주님께 기도드린다.

끝으로 〈친구야〉라는 이 노래를 좋아한다. 한 번씩 저절로 흥얼거리는 노래로 윤항기가 부르고 작사 작곡한 노래다.

친구야 친구야 내말좀 들어라
사랑이란 그런것 후회를 말어라
친구야 친구야 괴로워 말어라
세월이 흐르면 모든것 잊으리라

바람불고 파도치는 넓은 바다에서
등대불을 찾아가는 용기와 희망을
친구야 친구야 서러워 말아라
노래를 부르며 마음껏 웃어보자

친구야 친구 내 친구야
친구야 친구 내 친구야

내가 사랑하는 모든 친구들에게 들려주고 싶다.

호치민

옛날에는 우리나라를 보고 '조용한 아침의 나라'라고 했다지만 이제는 이곳이 조용한 아침의 나라인 것 같다.

친구 부부의 초대로 친구의 사업장이 있는 베트남에 왔다. 섬머 셋이란 숙소에서 내려다본 호치민의 아침은 순수하고 겸손해지기까지 한다. 새벽부터 바삐 움직이는 오토바이 행렬은 거대한 개미떼의 움직임으로 보인다.

빠르지는 않지만 천천히 쉴새없이 움직이면서 그래도 역동적이고 희망이 있는 나라다. 조금씩이 모여서 큰 것이 되는 것처럼 조금씩 발전하는 베트남의 미래와 성장성을 단적으로 보여주는 모습이다. 끝없이 이어지는 부지런한 개미떼의 행렬을 민당꽝이란 큰 사원이 옆에서 조용히 지켜보고 있다.

기억을 더듬어 보니 12년 전(2013년)에 고향 친구 모임에서 4박 6일로 베트남의 하노이, 하롱베이, 호치민을 거쳐서 캄보디아를 부부동반으로 여행한 적이 있다. 호치민을 왔다 간 적은 있는데 정확히 기억이 나지 않았으나 작성해 놓은 '여행지 기록 노트'를 보고 찾아낼 수 있었다. 잠시 그때의 추억에 잠기면서 친구들의 얼굴을 떠올릴 수 있었고 역시 '흔적을 남기는 일'의 중요성을 깨닫게 된다.

호치민의 어디를 가나 개미떼의 행렬은 무질서 속에서도 질서가 있는 것 같다. 큰 불만 없이 사람들은 착하고 소박하게 보인다. 우리와는 유교문화의 뿌리가 잠재되어 있다는 공통점이 있다. 베트남의 아픈 역사를 알기에 왠지 정이 가고 미안해지기까지 한다.

과거를 들먹이며 헐뜯지 않고 미래를 향해 국민들을 위해서 정치를 하며 평화롭게 살아가는 지혜롭고 현명한 사람들이라는 생각이 든다. 지금 배부르게 행동하는 우리나라가 배워야 할 점이다. 이곳에서 큰 사업을 하는 친구가 미래를 보는 혜안이 있어 일찌감치 자리 잡고 사업을 잘하고 있다.

친구부부와 호치민에서 조금 벗어난 호짬이라는 곳에 있는 블러프스 골프장을 가봤다. 골프장의 정식명칭은 'The Bluffs Ho Tram Strip'으로 '호짬지역의 절벽이 있는 긴 땅의 골프장'이란 뜻으로 호주의 백상어 그렉노먼이 설계한 세계 100대 골프장이라고 한다. 친구 덕분에 TV에서만 본 듯한 유럽지역의 사막에 있는 골프장을 다녀온 것 같은 색다른 경험을 하고 왔다. 기억에 오래 남을 것 같다.

호치민의 밤 풍경은 순수하고 아름다웠다. 전쟁 속에서도 전통

대가야박물관 (고령군 대가야읍 지산리 460)

이 있는 아름다움을 간직할 수 있었던 것은 옛것을 지키겠다는 저력의 절제심과 애국심이 있는 훌륭한 국민성이 있었기에 가능했으리라. 왜소한 체구지만 자기 것을 사랑하는 끈질기고 현명하고 단합하는 국민성에 존경심마저 생기면서 정이 팍 가는 느낌이다. 전통성이 있는 아름다움과 갈수록 나아지는 화려함이 공존하는 멋진 호치민이 되겠구나 하는 생각이 들었다.

저녁 식사 장소인 정통일식집도 인상적이었다. 운전기사가 좁은 골목길을 오토바이와 경쟁하듯 곡예 운전을 하다가 우리가 내려서 다시 걸어다니며 찾은 곳은 소박하고 조그만 고급 일식집이었다. 속으로 들어오니 사람들이 방마다 꽉 차 있었고 일본식의 친절함을 보이는 종업원들의 인사와 안내를 받으며 좁은 계단의 2층으로 올라오니 조용하고 깨끗한 방이 있었다. 일본에서도 느껴 보지 못한 좋은 음식과 분위기였다.

곁들여진 대화의 내용도 음식의 맛과 운치를 더했다. 낮에도 웅장한 사업장에 들렀다가 만나 보았지만 여러 가지로 바쁠 텐데 안내하러 참석한 친구 아들과 다섯 명이서 족보에 관한 얘기부터 시작해서 옛날 어릴 적 이야기 등 재미있고 정감이 있는 대화를 나눌 수 있는 자리였다.

친구는 학교 동창이면서 종씨로서 항렬도 같아서 친척 같은 생각이 들고 친구면서도 서로 아끼는 사이가 되었다. 집사람들끼리도 취향이 맞아서 친하게 지내며 부부가 이해심이 많고 마음씀이

넓어서 씀씀이가 고맙다. 그래서 일본이 아닌 베트남에서 일본 정통음식을 맛볼 수 있었다.

마지막 날 아침 잠을 푹 자고 늦게 일어나서 사이공 강가의 운치 있는 식당에서 아점을 했다. 유유히 흐르는 강물을 쳐다보며 배를 타고 있는 듯한 기분도 느끼면서 친구 부부와 같이 잠시나마 유유자적하는 모습으로 호치민에서의 마지막 식사를 즐겼다.

말없이 바로 옆에서 흐르는 강물은 어쩌면 호치민의 오토바이 행렬과 같은 속도지만 강물이 꽉 차 있어서 실속 있는 모습이다. 강물이 부드럽게 넘실대지만 바다와 연결되어서 넘치는 법도 없다고 한다. 내가 느끼는 베트남의 국민성과도 닮았다는 생각이 든다.

간혹 떠내려가는 수초 더미가 힐끔힐끔 우리를 쳐다보고 웃으면서 이제 가면 언제 또 올 거냐고 작별의 인사를 하며 말을 건네는 것 같았다. 이번에 친구와 같이 다녀보니 밤거리 문화도 그렇고 좋은 곳이 많아서 프랑스 영향도 있겠지마는 호치민에 오기 전에 지인이 일러 준 대로 호치민을 '동양의 파리'라고 하는 이유가 있다는 생각을 하면서 귀국길에 올랐다.

딸 집에서

인천공항에서 샌프란시스코까지 아홉 시간을 넘게 날아서 오니 공항에 딸내미랑 사위가 마중을 나와서 기다리고 있었다. 자동차로 다시 50분을 달려서 딸 집이 있는 산호세 근처의 플레전턴(pleasanton)에 도착했다.

딸네가 좋은 집을 사서 이사를 했으니 우리 부부는 기쁘고 설레는 마음으로 한달음에 달려왔다. 우리 부부가 딸네 집에 처음 오는 것은 아니나 기분이 다르다. 노년에는 딸네 집이 가까워야 좋다고 하는데 바로 옆에서 살다가 미국으로 왔으니 어떤 때는 마음이 허전할 때도 있었으나, 그나마 다행인 게 이렇게 멀리서도 찾아올 수 있게 올 때마다 모든 것을 신경 써서 챙겨주니 딸내미랑 사위가 고맙기만 하다.

그래도 서로 왔다 갔다 하면서 1년에 한 번은 만날 수 있고 딸네가 잘 적응하며 열심히 살아갈 수 있게 되어 주님께 감사드린다. 딸내미가 미국에 오기 전에 우리 부부를 위로하며 했던 말이

1974년 고령에서 열린 제1회 대가야문화제

생각난다. 멀리 부산이나 대구에 살아도 온 가족이 같이 볼 수 있는 날이 그리 많지 않을 거라며 우리는 그래도 1년에 한 번은 꼭 만나서 한 달 이상 같이 지낼 수 있으니 오히려 괜찮은 것 아니냐고 했다. 딸네가 미국으로 오기 전에는 바로 옆에 살아서 온 식구가 정이 듬뿍 들었다.

우리 사위는 미국에 있는 좋은 회사에 다니면서 생각이 깊고 다재다능하며 가끔씩 유머도 있다. 그야말로 'son in law' 이상으로 든든하고 자랑스럽게 생각한다. 공항으로부터 집에 도착해서 제일 먼저 딸내미랑 사위, 큰손녀, 작은손녀랑 돌아가면서 우리 부부는 뜻깊은 포옹을 한번씩 했다. 미국에서 주재원 생활을 하고 한국에 돌아왔을 때 천정부지로 오른 집값 때문에 집을 못 사서 딸내미가 그렇게 마음이 상했었는데 여기 와서 이렇게 좋은 집을 샀으니 눈물이 날 것 같았다.

큰손녀는 손주들 중에 '첫사랑'이고 어릴 때 우리가 옆에서 키우다시피 했으니 지금도 느끼는 감정이 다르고 항상 애틋하다. 큰손녀는 우리 부부와 가족들의 정을 듬뿍 받고 자랐다. 둘째 손녀도 정이 많고 영특해서 귀여움을 많이 받았는데 우리 부부 때문에 미국에 가는 걸 싫어했고 자기는 공부를 열심히 해서 훌륭한 사람이 되어 한국에 와서 살겠다고 약속을 하고 떠났다.

옛말 중에 "친손주는 걷게 하고 외손주는 업고 간다."는 속담이 있다. 처음에는 잘 이해되지 않는 말이었지만, 옛날에는 시집을 보내고 자주 볼 수 없는 딸과 외손주에 대한 친정엄마의 애틋한 사랑이 담긴 속담인 것 같은데, 요즘은 대개 딸네가 가까이 살고 아들네가 멀리 떨어져 있으니 시대에 맞지 않는 말인 것 같다. 그런데 우리는 외손녀가 멀리 떨어져 살고 있다.

그리고 옛날 말이지만 이런 말도 있었다.

"친정아버지가 시집간 딸네 집에 처음 갈 때는 다듬잇돌을 메고 갔다."

시집간 딸이 다듬이를 통해 스트레스를 풀고 참으면서 잘 살라는 아버지의 지혜이자 돌 같은 사랑이었다. 고요한 밤중에 풀 벌레 소리와 함께 들려오는 다듬이 소리에는 왠지 가슴 뭉클한 그리움이 있다. 예전에는 다듬이 소리가 한국을 상징하는 소리의 첫 번째로 꼽힌 적도 있다.

지금은 전기다리미가 있어 편하지만 옛날에는 다듬이질을 해야만 했다. 다듬이질은 보통 밤에 많이 했다. 하루종일 논일, 밭일, 부엌일, 빨래 등 지친 몸으로 다듬이질을 하노라면 어깨는 무겁고 팔은 아팠지만 옛 여인들은 스트레스를 다듬이질과 빨래 방망이질을 통해 풀었다고 한다. 이것도 세상이 바뀌어서 요즘은 맞지 않는 말이다. 남자들이 밖에서 일하고 집안일도 같이 해야 되는 세상이다.

딸네가 미국에 가는 걸 망설였겠지만 그나마 쉽게 결정할 수 있었던 것은 사위가 미국에 있는 세계적인 회사에 들어갈 수 있었고 외손주들이 미국에 살아본 경험이 있어서 영어를 능통하게 잘할 수 있었기 때문이다. 사위가 국내 대기업 주재원으로 미국에서 근무할 때 애들이 초등학교와 어린이집을 다니며 영어를 배웠기 때문에 영어에 능통했다.

사위가 주재원 생활을 마치고 한국으로 돌아왔을 때 애들이 영어를 잊어버리지 않게 고급 영어학원에도 보냈던 것이 큰 도움이 되었다. 그때는 딸네가 미국에 갈 생각은 없었지만 애들이 잘하는 영어를 잊어버리면 안 되겠다는 생각에 애들 학원비까지 지원하면서 영어공부를 열심히 시키도록 했는데 그건 내가 잘한 일인 것 같다.

딸내미를 생각하면 나 혼자만 아는 애틋한 일이 있어서 미안한 마음을 가지고 있다.

지방에서 서울로 이사한 지 얼마 안 되어 연희동에 살면서 딸내미가 초등학교 1학년쯤일 때 피아노를 배우면서 학원에서 주최하는 경연대회에 참가했었는데 다른 아이들이 입고 있는 옷을 보더니 자기도 레이스가 달린 예쁜 옷을 사달라고 졸랐다. 그때는 경제적인 사정이 좋지 않아서 흔쾌히 대답을 못하고 그러지를 못했던 일이 마음 한구석에 자리 잡고 있었다. 어린 마음에 얼마나 입고 싶었을까 하고 생각하면 가슴이 찡한 일이다.

딸네가 한국에 살 때에는 바로 옆에 살았으니까 첫 손녀부터 둘째 손녀까지 아침에 사무실에 출근을 하기 전에 내 차로 어린이

집에 등교시키는 일을 했었는데 그때가 너무도 즐거웠다. 언젠가 사위와 둘이서 저녁 식사를 하고 술을 한잔 한 적이 있었는데 사위가 애들한테 너무 잘해줘서 고맙다고 하면서 그렇게 애들에 대한 사랑이 각별한 이유가 있느냐고 물었다. 손녀를 사랑하는데 무슨 이유가 있겠는가마는 지금 생각하면 옛날에는 남자들은 밖으로만 돌면서 딸내미한테 사랑을 듬뿍 주지 못해서 아쉽고 후회가 되어 딸을 대신해서 손녀들한테 그러고 싶은 마음도 있는 것 같다고 한 적이 있다.

그리고 딸내미는 옛날부터 우리와 멀리 떨어져 살 것이라는 말을 많이 들었다. 그래서 몇 년 전에 사위가 2년 동안 미국에 주재원으로 갔을 때가 그 말인 줄 알았고 외국에서 살리라고는 생각지도 않았는데, 아이러니하게도 미국에서 살게 된 것이다. 이렇게 딸 집에 앉아서 글을 쓰고 있으니 꿈을 꾸고 있는 것 같다. 옆 동네 더블린(Dublin)에 살다가 넓고 좋은 집을 사서 이사를 왔으니 마음도 편안하고 좋다.

어제는 중학생 큰손녀의 밴드 경연대회가 있어서 딸과 같이 우리 부부가 다녀왔는데 맨 앞줄에 앉아서 플루트를 부는 손녀가 대견하게 느껴졌다. 미국에서는 공부만 시키는 게 아니고 악기도 한 가지 이상 다룰 수 있도록 하고 있다. 큰손녀는 플루트랑 태권도를 배우고 작은손녀는 플루트랑 태권도, 수영을 배우고 있다. 애들을 봐서는 미국에 잘 온 것 같고 손녀들도 빠르게 잘 적응하고 있다. 물론 딸내미의 헌신적인 뒷바라지 덕분이기도 하다.

일요일이라서 가족 모두 한인성당에 다녀왔는데 성당에 다니면서 바르게 성장하고 있는 손녀들이 고맙고 자랑스럽다. 점심은 뒷마당에서 사위가 구워주는 고기를 먹으면서 집을 사서 이사한 축하파티를 했다. 그동안 애들도 잘 키우고 좋은 집까지 샀으니 한없이 축하해주고 싶었다. 내일은 딸내미랑 거실에 놓을 가구를 사러 갈 예정인데 집들이 축하 겸 좋은 것으로 하나 사 줄려고 생각하고 있다. 그리고 뒷마당에는 오렌지 나무를 집들이 기념식수로 하고 갈 예정이다.

다음날 딸내미랑 우리 부부는 가구를 보러 근처에 있는 월넛크릭(Walnut Creek)과 산라몬(San Ramon)까지 갔다가 몇 군데를 둘러보고 왔는데 쉽게 결정을 못하고 있다. 딸내미가 원하는 것을 결정할 때까지 기다릴 생각이다. 이곳에 오기 전에 한국에서 생각한 대로 넓고 조용한 거실이 있는 딸 집에 앉아서 틈틈이 글을 쓰고 있으니 마음이 참 편하다. 저녁을 먹고 나서 사위랑 우리 부부는 집 근처에 있는 공원에 가서 몇 바퀴를 걸었다가 집으로 돌아오니 큰손녀의 플루트 부는 소리가 청아하게 들려온다.

아침에 일어나서 뒷마당에서 체조를 하고는 인조 잔디 사이에 자란 잡초를 뽑고 뒷마당을 정리하는 일을 했다. 뒷마당에는 골프 퍼팅장이 예쁘게 만들어져 있어서 관심이 많이 간다. 집사람도 아침에는 앞마당의 꽃나무를 전지하고 잡초 뽑는 일을 연일 계속해서 하고 있다. 집이 넓으니까 아직도 할 일이 많아서 여기에 있는 동안 순차적으로 조금씩 정리해 줄 생각이다. 가까이 살고 있는 친구한테도 연락이 와서 이제 시차 적응도 어느 정도 되었으니 금요일쯤에 만나기로 약속을 해둔 상태다.

2년 전에 딸 집이 더블린에 있을 때 알게 된 홍 선생이란 분과 순두부를 먹으러 갔다. 그때 그분이 사주신 순두부를 먹고 출국하는 바람에 2년만에 마음에 진 빚을 갚으려고 둘이서 더블린에 있는 영동순두부집으로 갔다. 홍 선생은 주택은행을 다니다 퇴직하고 아르헨티나로 이민을 갔다가 미국으로 건너오신 분이다. 고생도 많이 하셨는데 이곳에서 한국인을 만나니 반가웠던 모양이다. 홍 선생은 학교 앞에 손녀들 데리러 갔다가 알게 되어 금방 친숙해질 수 있었는데 그분은 딸내미 집을 오가며 손자들을 케어하는 일을 하고 있었다.

우리 부부는 헬스장에도 가고 골프장에도 가면서 한국에서의 생활과 같이 할 수 있으니 딸과 사위가 우리한테 불편함이 없도록 하려는 마음이 역력하다. 기념식수를 하려고 오렌지 나무를 리버모어(Liver more)에 있는 코스트코까지 가서 사왔다. 좋은 장소에 구덩이를 파서 심을 준비를 해놓고 가족들이 모두 있을 때 같이 심으려고 스탠바이한 상태다. 작은손녀가 오렌지 나무를 '오팔트리(opal tree)'라고 이름까지 지어 놓았다. 이곳은 맑은 공기에 모든 식물들이 싱싱하게 잘 자라는 곳이다.

우리 부부는 산호세(San Jose) 근처의 실리콘밸리에 위치한 밀피타스(Milpitas)에 있는 한식당 장수장에서 오랜만에 친구를 만나 반갑게 점심 식사를 같이했다. 얼마 전에 한국에 왔을 때 만났지만 아직까지 산호세에서 집수리하는 사업을 하고 있는 친구를 보니 건강하게 보였다. 고교 동창인 친구는 운동선수 출신이라 성격탓도 있겠지만 나이를 잊고 사는 것 같았다. 친구랑 즐거운 시간을 보내고 다음에 만나서 나파밸리(Napa valley)에도 같이 가고 딸내미 사는 동네로 와서 골프도 하기로 하고 헤어졌다.

휴일 날 딸내미 부부랑 샌프란시스코의 서쪽 끝에 있는 샌프란시스코의 숨은 명소 랜즈엔드(Lands End)에 다녀왔다. 가는 길이 샌프란시스코 구시가지를 관통하는 곳이라 옛날 전차도 보이고 전깃줄도 보이면서 옆으로는 샌프란시스코의 명소 골든게이트 공원이라는 긴 공원이 있어서 시골스러운 정취를 느낄 수 있었지만 가끔씩 지나다니는 구글에서 개발하여 계열사가 운행 중인 최첨단 자율주행차인 웨이모(Waymo)라는 무인 택시도 볼 수 있었다.

랜즈엔드는 탁 트인 태평양과 마주한 아름다운 해안경치를 볼 수 있고 해변 언덕에는 여러 가지 아름다운 야생화가 만발하여 스위스 융프라우 아이거에서 클라이네 샤이덱 역까지 내려오는 아름다운 야생화가 핀 길을 연상케 했다. Sutro Bath라는 옛날에 샌프란시스코 주지사가 지었다는 대형 해수목욕탕은 폐허가 되어 흔적만 남아 있고, 해변 한쪽으로는 비스듬하게 금문교도 보이는 곳이다. 사위가 가본 적이 있는 랜즈엔드 근처 식당의 야외 좌석에서 맥주도 한잔하고 즐거운 시간을 보내고 왔다.

둘째 손녀가 공부를 잘해서 상을 받는 날에는 우리 부부도 딸내미 부부랑 같이 시상식을 하는 아침 조회 시간에 맞춰서 참석했다. 본인한테는 상을 받을 때까지 비밀로 하라고 하고 부모한테는 미리 알려준다고 한다. 조회 시간에 봄방학에 맞춰서 상을 주면서 시상식 중간에 선생님과 학생들이 게임도 하면서 재미있게 진행을 했다. 미국이란 나라의 다른 점을 볼 수 있었다. 우리 손녀가 받은 상은 비범한 사람에게 주는 Extraordinary Eagle Award 였다.

친구들이 환호와 함께 수술을 흔들며 축하를 해 주는 터널을 통과한 손녀가 너무 대견하고 귀여워서 손녀를 꼭 안아 주었다. 담임 선생님도 축하해 주면서 일부러 손녀 곁으로 와서 손녀랑 같이 사진까지 찍어 주시길래 고맙다고 인사를 했다. 우리를 기쁘게 하려고 손녀가 때를 맞춰서 상을 받은 것 같다. 봄방학 동안 라스베이거스로 4박 5일 동안 가족들과 여러 가지 의미가 있는 여행을 하기로 하고 손녀들이 학교에서 돌아오면 떠날 준비를 하고 있다.

네바다주 라스베이거스로 비행기를 타고 가족여행을 왔다. 첫 날은 늦게 도착하여 잠만 자고 다음 날 사위가 렌트한 기아차 카니발을 타고 두 시간가량 달려서 라스베이거스의 근교로서 캘리포니아 동부와 접경 지역에 위치한 스타워즈의 촬영지며 오묘한 대자연 '죽음의 계곡 국립공원(death valley national park)'을 갔다. 계곡이라고는 해도, 그곳에 펼쳐져 있는 것은 태양이 작렬하는 황야다. 미국 내 국립공원 중 가장 넓고, 가장 뜨겁고, 가장 건조한, 참혹한 환경의 데스밸리에는 마치 다른 행성이라고 느껴질 정도의 아무것도 없는 황폐한 절경이 펼쳐져 있었다.

황야가 펼쳐진 이 거대한 분지에서 가장 낮은 곳은 해수면보다도 낮다고 한다. 그런 데스밸리의 전경을 내려다볼 수 있는 곳이 바로 단테스 뷰(Dante's View)다. 지평에는 하얀 소금호수가 보이고, 멀리 산에는 눈이 내린 광경은 그야말로 압권이다. 시인 단테 알리기에리(Dante Alighieri)의 서사시 〈신곡〉에서 묘사된 지옥과 연옥이 떠오른다고 해서 '단테스 뷰'로 불리게 된 곳이다. 발 아래로 아주 먼 옛날에는 바다였다는 데스밸리의 눈같이 하얀 해저면이 펼쳐진다.

소금 결정이 만드는 절경, 배드워터 베이신(Badwater basin)은 단테스 뷰에서 보이는 하얀 분지가 바로 북아메리카의 최저 지대로서 해수면보다 86미터나 낮은 곳이다. 옛날에는 소금호수였기 때문에 '나쁜 물(마실 수 없는 물)'이라는 이름이 붙었다고 한다. 기온이 섭씨 50도에 이르는 경우도 있는 곳인지라 생물은 찾아보기 힘든 환경으로 세상의 끝을 보는 듯한 공포를 느낄 수 있는 곳이라고 한다. 그 외에도 기이한 형태의 지형과 다채로운 색깔의 언덕들이 있어서 눈길을 끌었다.

우리는 콘라드호텔에서 묵고 있었는데 아침에 일어나니 맞은편에 보이는 트럼프호텔이 누런 금색으로 자태를 뽐내고 있었다. 사위가 짜놓은 셋째 날의 일정에 따라 유명호텔 관광에 나섰다. 라스베이거스의 명소 베니스풍의 웅장한 베네시안 호텔의 곤돌라가 떠다니는 호수에 놀라고 꽃으로 장식된 벨라지오 호텔과 분수 쇼를 보면서도 그 호화로움과 규모에 연신 감탄이 절로 나왔다.

유명한 태국 음식점에서 저녁을 먹고 애들에게 보여주기로 약속한 라스베이거스의 환상의 공연 스피어(sphere)쇼를 보러갔다. 스피어란 둥근 공(球)을 뜻하는 것으로 세계 최대규모 고해상도 LED 돔에서 펼쳐지는 스피어쇼 공연이다. 상설 공연을 하는 postcard from earth를 봤는데 외내 벽의 거대한 스크린과 시설장비가 실제와 착각할 만큼 장엄하고 생동감을 느끼게 하는 새로운 경험이었다.

다음날 미국 서부여행의 명소이기도 하고 손녀들이 책에서 보았다고 하면서 가보기를 원해서 거대한 콘크리트 아치형 댐인 후버댐으로 향했다. 후버댐은 1930년대 미국의 대공황기에 성공한 경제 프로젝트로 제31대 하버트 클라크 후버 대통령을 기념해서 다리 이름을 볼더댐에서 후버댐으로 바꾸었으며, 네바다주와 아리조나주의 사이를 흐르는 콜로라도강을 막아서 만든 길이 411미터 높이 221미터의 거대한 댐이다.

점심을 먹고 돌아오면서 라스베이거스에서 가까운 곳에 위치한 자연경관으로 유명한 레드 락 캐니언(Red Rock Canyon)으로 달려갔다.

한참을 달리니 사막 한가운데 우뚝 솟은 바위산의 중간을 붉은색 물감으로 휘두른 듯한 모습이 앞쪽과 오른쪽에서 나타났다. 레드 락 케니언은 국립공원은 아니고 국립 보존 지역으로 사암과 석회암으로 보이는 특이한 형태의 지형으로 가까이 다가가니 하늘로 불쑥 솟은 붉은색을 곱게 입힌 암벽 앞에서 감탄사가 절로 나오게 된다.

이처럼 황량한 사막에 어찌 이런 자연의 걸작품들이 있단 말인가. 대단한 자연의 경이로움에 놀라면서 더 가까이 가서 암벽이라도 타면서 즐기고 싶은 충동까지 느낄 정도였다.

저녁에는 라스베이거스에 오면 꼭 봐야 할 서커스 공연이라는 카쇼(KA Show)를 보러 갔다. 카쇼의 '카'는 일본어로 '불'을 의미하는 것으로, 라스베이거스 MGM Grand 호텔에서 상설 공연으로 진행되며 동양적인 테마가 가미된 장대한 서시와 환상적인 퍼포먼스가 돋보인다.

웅장한 무대가 수직으로 세워지기도 하고 회전을 하기도 하면서 등장인물들이 무술과 곡예를 하는 서커스 액션이 극적인 장면을 연출하여 탄성을 자아내게 한다. 다음날 프리미엄 아울렛에 들러서 손녀들 옷을 한 벌씩 사주고는 라스베이거스에서의 즐겁고 알찬 가족여행을 마치고 딸 집으로 돌아왔다.

집사람이 가족여행으로 피로가 겹쳤는지 가벼운 몸살 기운이 있다고 해서 집에서 앞마당과 뒷마당의 정원정리를 했다. 오후에는 따뜻한 햇살이 비치는 거실에서 태블릿으로 이 글을 쓰다가 새소리가 들리는 뒷마당의 야외식탁으로 자리를 옮겼다. 집사람도 따라 나와 옆에 앉아서 레지오 활동 때문인지 성경을 열심히 필사하고 있다.

공기도 깨끗하고 하늘은 높고 푸르며 뒷집 벚꽃나무에서 떨어지는 벚꽃잎은 흩날려서 뒷마당의 퍼팅장에는 눈이 내린 것 같고 이름 모를 새들은 열심히 지저귀니 나뭇잎들도 햇살을 받아 싱그럽게 반짝인다. 4월이라 햇살은 따끈따끈하나 습기가 없어서 그늘에 들어오면 깨끗하고 서늘한 바람이 불어 뒷마당의 장미꽃과 얼마 전에 심어둔 오렌지 나무꽃에서 향기가 묻어나니 기분도 상쾌하다.

올 때마다 느끼지만 캘리포니아는 축복받은 땅인 것 같다. 미국에서 가장 많은 인구가 사는 주이고 LA, SF, 샌디에고, 오클랜드, 산호세, 주도인 새크라멘토 등 큰 도시가 많으며 IT 업종의 세계적인 회사들이 산호세와 스탠퍼드 대학이 있는 실리콘밸리에 모여있다. 우리 사위가 다니는 회사도 그쪽에 있다. 미국 내 주들 가운데 가장 높은 GDP를 창출하며 한반도 전체 면적의 두 배가 넘지만, 인구는 3천9백만 명 정도라고 한다.

오늘은 2년 전에 왔을 때 집사람과 자주 갔던 더블린에 있는 랜치 골프장을 갔다. 딸 집에서 가까운 골프장도 있지만 집사람과 오붓이 즐길 수 있는 분위기가 좋아서 다시 찾게 되었다. 이번에는 사실상 골프보다 재미있는 일을 하느라고 골프를 많이 치지는 못했는데, 집사람에게 감기 몸살이 온 이유도 있지만 집에 있으면서 앞마당 뒷마당의 정원정리를 며칠에 걸쳐서 가족들의 만류에도 불구하고 내 맘에 들도록 속 시원하게 해치웠다. 마침 앞마당의 장미가 만발하고 사위가 분수대까지 고쳐서 틀어 놓으니 장미 정원이 되었다.

딸 집의 일이라서 골프보다 더 재미가 있었는데 과로했는지 나도 기침감기가 딱 걸렸다가 이제 겨우 괜찮아졌다. 그래서 오늘 골프장을 찾은 것이다. 딸내미가 싸준 샌드위치로 맛있게 점심을 먹으며 한국에서 우리처럼 딸 집에 오신 분도 만나고 집사람과 재미있게 운동을 했다. 그분은 서울 용산에 사시는 분이라고 하면서 대뜸 딸 집에 왔느냐고 물었다. 집사람과 '아들 집에 와서는 골프 치는 사람이 드문 모양이다'라고 말하고는 웃었다.

골프장 상태도 그 전보다 훨씬 좋았고 옛 기억을 더듬으며 익숙한 곳이라 카트를 직접 몰고 다니면서 쉽고 편하게 운동을 할 수 있었다. 2년 전에 왔을 때는 나파밸리에 있는 실버라도 골프코스와 리버모어에 위치한 와이너리가 있는 웬티 빈야드 골프장에도 갔었는데 웬티 빈야드 골프장에서 카터 운전 미숙으로 큰 사고가 날뻔한 씁쓰레한 추억도 있다. 다음에는 사위가 플레전턴에 있는 캘립 프리저브 골프 코스를 예약해 둔 상태다.

귀국 일자가 다가오자 골프를 많이 치지 못한 아쉬움을 달래기 위해 격일로 치고 있다. 오늘은 사위가 출근하면서 캘립 프리저브 골프장에 데려다주고 갔다. 우리 마음을 알고 골프장 예약에서부터 점심과 간식이랑 챙겨서 픽업까지 해 주는 딸내미랑 사위의 마음 씀씀이가 고맙다. 처음 가는 골프장이고 코스가 조금 길기는 했지만 목장과 마주한 산속이라 조용하고 그냥 무난한 코스라서 집사람과 교대로 카트를 몰면서 재미있게 운동을 마치고 왔다.

내일이면 귀국을 하는 날인데 오늘은 딸내미랑 사위와 손녀들이 다 같이 참여하는 KPA 한국문화축제(Korean Cultural Festival)가 열리는 리버모어 도서관에 다녀왔다. 딸내미는 진행을 보조하는 일을 하고 사위는 여러 사람과 같이 행사장 정리하는 일을 맡았고 손녀들은 한복을 차려입고 한복 패션쇼에 출연했다. 온 가족이 출동해서 귀국을 앞두고 의미 있는 행사에 참석하고 왔다. 이런 행사를 통해서 우리 교민들이 우리 문화를 알리고 즐기는 모습이 보기 좋았다. 이 행사에는 리버모어 시장님과 부시장님, 샌프란시스코 총영사관에서도 참석해서 축하해 주었다.

이렇게 해서 딸 집에서의 39일간의 일정을 마치고 샌프란시스코 공항에서 가족들과 차례로 깊은 뜻이 함축된 포옹을 하고 집사람과 같이 귀국길에 올랐다. 얼마 있지 않아서 또 만날 수 있음에도 공항에서의 이별은 항상 가슴을 찡하게 하고 집사람의 눈시

울을 적시게 한다. 딸 집에 있으면서 한국에서의 일상을 잠시 잊고 여유를 누리며 딸내미 가족들과 즐겁고 행복한 시간을 보낼 수 있었음을 주님께 감사드리며 가족들이 모두 건강하고 행복하게 살아가기를 기도한다.

흔적을 남기는 일

우리가 삶 속에서 책으로 흔적을 남기는 일은 우리의 존재를 알리고 우리의 경험과 감정을 기록으로 남기는 것이다. 이러한 기록들은 과거의 우리를 되새기게 하며 앞으로의 인생 여정을 조망할 수 있는 자료가 된다.

자서전 대신 유익하고 재미있는 책을 만들어서 지인들에게 드리고 손주들에게도 남기고 싶은 마음에서 시작을 했는데 과연 보람있는 일일까?

혹여 존재의 가치를 인정받고 싶어 하는 웃자라는 욕망 같은 허욕은 아닐까?

법정 스님은 "아무런 자취도 남기지 마라. 편안한 발걸음으로 쉬어가라. 무엇에 집착하지 않는 마음으로 묵묵히 쉬면서 천천히 가라"고 했는데 흔적을 남기는 일들을 찾아보면 종류가 다양하다.

종족 번식은 가장 기본적인 것이고, 시인이나 작가는 훌륭한 작품을 만드는 것이 흔적을 남기는 일이 될 것이고, 배우는 좋은 작품에 출연하여 연기를 잘해서 명작을 만들고, 가수는 좋은 노래를 잘 불러서 명곡을 만드는 것 또한 흔적을 남기는 방법이다.

가끔씩 골프를 같이 하는 지인 중에 국세청장을 하신 분은 퇴직 후 세계여행을 다니면서 휴대폰으로 찍은 사진에 배경 설명과 함께 자기 생각도 실어서 훌륭한 책을 만들었다. 먼 외적 관계면서 대기업 임원 출신으로 다재다능하여 인생을 멋지게 살고있는 지인도 이때까지 살면서 다닌 여행지의 사진에 추억을 담아서 책을 만들었다. 흔한 자서전보다는 괜찮은 생각이다.

나부터도 그렇지만 흥미가 없으면 남의 자서전을 받아서 자세히 읽어 보겠나 싶은 생각이 든다. 어느 날 글씨를 잘 쓰시는 작은아버지께서 우리 집 가훈을 붓글씨로 정성스럽게 써서 액자에 담아 오셨다. '과유불급 자강불식(過猶不及 自强不息)' "지나침은 모자람과 같은 것이고 강해지려면 쉬지 않고 노력해야 한다."는 뜻이다. 이 또한 흔적을 남기는 좋은 방법이라는 생각이 든다.

흔적을 남기는 일로 보통 사람들은 자서전을 많이 쓰는데 가장 노골적이고 흔한 방법이다. 옛날에는 흔적을 남기는 가장 큰 일은 맘에 드는 좋은 집을 짓는 것이었다. 몇 달이고 심지어는 몇 년을 그 일에 몰두한다. 온갖 신경을 쓰면서 엄청나게 고생을 한다. 물론 좋은 집에서 살고 싶은 마음도 있었겠지만 좋은 집을 후손들에게 남기고 싶은 마음도 크지 않았을까 하는 생각을 해 본다.

2024년 하반기 들어서 미국의 조직심리학자 벤저민 하디

고령 장기리 암각화

(Benjamin Hardy)가 쓴 『퓨처셀프』라는 책을 읽고 목표를 정한 것이다. 경기장 주위를 맴돌면서 다른 사람들을 부러워만 할 것이 아니라 직접 뛰어들어서 하고 싶은 일, 보람 있는 일을 해 보자는 생각에서 시작을 하게 되었다. 그래서 좋은 책의 힘은 무섭다고 생각되고 큰 결심을 하게 하고 사람을 개조시키는 힘이 있다.

어떻게 하면 재미있고 유익하면서 어필할 수 있는 책을 만들 수 있을까 하고 생각을 많이 했다. 몰두하지 않으면 시간이 너무 오래 걸릴 것 같은 생각에 전념을 하다 보니 하는 꼴이 우습고 집 사람도 이해는 하지만 잔소리가 늘어가니 신경이 쓰인다.

언젠가 나태주 시인의 따님인 서울대 교수 나인애 씨가 TV에 나와서 강연을 하며 아버지 이야기를 했다.

아버지 나태주 씨는 시상이나 시구가 떠오르면 언제 어디서나 모든 걸 스톱하고 학교로 달려가신다고 했다. 학교에 가서 자기 자리에 빨리 앉아서 착상을 하고 떠오른 것을 정리하는 습관이 있다고 했다. 충분히 이해가 간다. 그때를 놓치면 떠오른 시상이나 시구가 날라가 버리니까 표현이 좀 과하지만 반 미친 사람같이 되는 것 같다.

그렇게 매달려야 좋은 작품이 나오고 빨리 끝낼 수 있을 것이다. 내 경우에는 오래 할 일은 아닌 것 같다. 나이가 드니까 눈이 문제인 것 같아 신경이 많이 쓰인다. 눈이 나빠져서 회복이 안 되면 어떡하지 하는 걱정도 되고 그걸 감수하고 계속해서 해야 되나 하는 생각을 하게 된다. 더구나 아직까지 사무실에도 왔다 갔다 하면서 신경을 써야 하니 시간도 부족하다.

말했듯이 집 짓는 일을 대신하는 것이니까 집 짓는 일이 그리 쉽겠나. 옛날에는 몰두해서 집을 짓다가 힘들어서 앓아누운 사람도 많았다고 들었다. 너무 몰두해서 사람의 진이 다 빠지고 나면 병이 오는 법이다.

내가 지은 시(詩)를 싣고 내가 걸어온 길과 수필을 넣고 내가 좋아하는 꽁트와 유머를 다듬고 정리하여 좋은 글과 함께 실으면 내가 만든 나의 좋은 책이 될 것이라고 생각한다.

어느 정도 진솔하게 쓸 것인가 하는 것도 고민이 된다. 인간은 누구나 자기 치부를 드러내는 것을 싫어한다. 나도 솔직히 다 까발리고 싶지는 않다. 거짓은 아니더라도 치부는 가리고 아름다운 추억, 좋은 추억만을 가지고 쓸 것인가 아니면 어느 정도의 치부는 드러내는 것도 좋지 않을까 하는 갈등하게 된다.

링컨 대통령은 평소에 한 가지 소원이 있었는데, 그것은 인생의 마지막 날 그를 땅에 묻고 돌아가는 사람들에게서 이런 말을 들으면서 흔적을 남기고 싶다고 했다.

"에이브러햄 링컨! 그는 잡초를 뽑고 꽃을 심다 떠난 사람이다."

좋은 글

'좋은 글'을 모아서 정리하고 엄선하여 '좋은 책'을 만들어 보고 싶었습니다.
좋은 글을 읽는 사람이 많을수록 우리 사회는 밝아지고 더 좋은 세상이 됩니다.

정성(精誠)

좁은 옥탑방에서 아픈 어머니를 모시고 살면서도 성실히 살아가는 가난한 청년이 있었습니다. 청년은 빵 공장에 입사 지원을 하게 되어 문제를 풀고 있었습니다.

마지막 질문 사항에 대해서는 전문적인 내용이라 고민 끝에 자신만의 답을 써서 제출했습니다.

며칠 후 합격했다는 연락이 왔습니다. 이후 청년은 사장님과의 만나는 자리에서 물어보았습니다.

"사장님, 저같이 부족한 사람을 왜 합격시켜 주셨습니까?"

그러자 사장님은 웃으면서 청년이 제출했던 마지막 질문지의 글을 보여주면서 말했습니다.

〈빵을 만들 때 꼭 필요한 주원료는 무엇인가?〉

"자네는 제빵 지식보다 더 중요한 걸 알고 있었다네. 그 질문 사항에 대해 내가 원하는 훌륭한 정답을 쓴 사람은 오직 자네 한 사람뿐이었다네."

청년이 쓴 훌륭한 정답은 '정성(精誠)'이었습니다.

불혹의 챔피언

조지 포먼, 그는 24세의 나이로 40연승의 무패행진 가도를 달리던 당시 최고의 권투선수였지만, 나비처럼 날아서 벌처럼 쏘는 32살의 늙은 도전자 무하마드 알리에게 8회에 KO로 패배하게 되고 결국에는 28세에 은퇴를 하게 됩니다.

조지 포먼은 은퇴 후 흑인 청소년들을 위해서 체육관을 만들어 무상으로 개방했지만, 경제적으로 어려워서 얼마 안 가서 운영비가 바닥이 났고 할 수 없이 문을 닫아야만 했습니다.

조지 포먼에게는 충격이 컸습니다. 그래서 포먼은 다시 링으로 돌아가기로 마음을 먹었고, 마침내 당시 챔피언이었던 29세의 젊은 마이클 무어와 싸워 이겼습니다.

1994년, 무려 45세의 나이로 챔피언의 자리에 다시 올랐습니다. 불혹의 챔피언 조지 포먼은 훌륭한 복서였습니다. 누구도 불가능하다고 생각했던 45세의 조지 포먼을 챔피언으로 만들 수 있었던 것은 재기할 수 있다는 강한 확신이 있었기 때문에 가능했습니다.

그리고 그 확신을 하게 한 것은 바로 체육관 아이들을 향한 사랑 때문이었습니다.

표범의 지혜

밀림의 왕자 표범은 고양잇과 맹수로 상위 포식자이지만 그런 표범에게도 경쟁상대가 있습니다. 바로 하이에나인데 이 녀석들은 표범이 잡은 먹이를 겁도 없이 뺏기 위해서 무리를 지어서 끈질기게 주위를 돌아다니며 공격을 해오기도 합니다.

그런데 표범은 말없이 먹이를 두고 피합니다. 마음만 먹으면 충분히 싸울 수 있지만, 표범은 경솔하게 공격을 하지 않습니다. 그 이유는 하이에나들은 무리 생활을 하기 때문에 표범 혼자선 도저히 당해낼 재간에 없기 때문입니다.

표범은 지혜롭게도 어리석게 다투느니보다는 차라리 싸움을 피하는 것이 꼭 지는 것이 아니라는 큰 깨달음을 줍니다.

싸움이란 어떤 문제를 해결하기 위한 방법의 하나로 상대에게 양보하기, 대화하기 등 다양한 방법들이 있습니다. 이기고 지는 것보다 갈등 해결에 집중을 하면 표범처럼 지혜롭게 현명한 해결 방법을 찾을 수 있습니다. 특히 현명한 정치가들이 생각해 볼 깨달음이라고 생각됩니다.

부인 찬양(婦人讚揚)

며칠 전 커피숍에 갔는데 "Happy wife, happy life"라는 글이 쓰여있는 액자가 하나 걸려 있었다. 얼핏 보기에 커피숍에 생뚱맞게 무슨 wife라는 글이 적혀있는가? 하면서 의아했는데 가만히 생각해 보니 아주 멋진 뜻이 있었다.

"아내가 행복(幸福)해야 인생(人生)이 행복(幸福)하다."

옆에 있던 친구가 아주 절묘하게 거들며 말해 주었다.

"그러면 우리말로 인명재처(人命在妻)라는 뜻이네."

맞는 말인 것 같다. 아내가 행복해야 삶이 행복하고 남편이 편하다.

남편의 운명은 아내의 손에 달려 있다고 해도 과언이 아니다. 특히 나이 들어가면서 느끼고 이러한 진리는 두드러진다.

오늘도 나보다 일찍 일어나서 부엌에서 소리를 내고 있는 고마운 아내에게 이기려고 하지 말고 아내 말을 잘 듣기로 했다. 그래야 내가 편하고 가정이 평화롭다. 조용히 일어나서 부엌으로 가서 백허그라도 해줘야 될 것 같다.

우분트

아프리카 빈투족의 말 중에 '우분트(ubuntu)'라는 말을 들어보신 적이 있습니까?

"내가 너를 위하면 너는 나 때문에 행복하고 행복해하는 너를 보면 난 두 배나 행복해질 수 있다."

우리 모두는 내가 아닌 너로 인해 행복하다는 의미입니다.

'우분트'라는 말은 어느 인류학자의 실험으로 유명해졌습니다.

나뭇가지에 사탕과 과자를 한 바구니 매달아 놓고 가장 먼저 달려간 아이에게 상으로 준다고 했습니다. 출발 신호를 했을 때 놀라운 광경을 보게 되었습니다. 아이들은 모두 약속이나 한 듯 이 서로의 손을 잡으며 함께 달리기 시작했고, 바구니에 다다르자 모두 둘러앉아 즐겁게 나누어 먹기 시작했습니다.

인류학자는 먼저 도달한 아이에게 주려고 했는데 "왜 모두 함께 뛰었니?" 하고 묻자 아이들은 기다렸다는 듯이 합창을 했다고 합니다.

"우분트(ubuntu)."

한 아이가 이렇게 말했습니다.

"혼자 먼저 닿으면 나머지 아이들이 모두 슬플 거예요. 그 모습을 보면서 어떻게 나만 기분이 좋을 수 있겠습니까?"

인류학자는 그 아이들에게서 삶의 철학을 배웠으며 널리 퍼트려 알리게 된 것입니다. 함께 있는 우리 속에 내가 있고 그래서 모두 함께 행복해야 더불어 나도 행복해진다는 생각은 자기 주위적인 현 시대에 사는 우리들에게 필요한 메시지이기도 합니다.

나보다 남을 먼저 배려하며 상대방의 입장에서 생각한다면 이해 안 될 것도 없고 용서 못할 것도 없을 것입니다.

멘토(mentor)

경험과 지식을 바탕으로 다른 사람을 지도하고 조언해 주는 사람을 멘토라고 합니다. 어떤 멘토를 만나느냐에 따라 인생이 달라집니다.

베토벤이 젊은 시절, 난청이 오고 사랑했던 여인이 곁을 떠나 절망에 빠져 있었던 때가 있었습니다. 괴로움을 견딜 수 없어 자살까지 결심한 그는 인근 수도원에 한 수사님을 찾아 상담을 합니다.

젊은 베토벤의 이야기를 말없이 듣고 있던 수사님은 나무 상자 하나를 들고 말했습니다.

"이 상자 안에 손을 넣어서 유리구슬 하나를 꺼내 보게나."

베토벤이 꺼낸 구슬은 검은색이었습니다. 수사는 다시 한번 구슬을 꺼내 보라고 했습니다. 이번에도 베토벤은 검은 구슬을 꺼냈습니다.

수사님이 말했습니다.

"이보게, 이 상자 안에는 열 개의 구슬이 들었는데, 그 중 여덟 개는 검은 색이고 나머지 두 개는 흰색이라네. 검은 구슬이 지닌 의미는 불행과 고통, 흰 구슬은 행운과 희망을 의미한다네. 어떤 사람은 단 한 번에 흰 구슬을 뽑아서 행복과 성공을 움켜쥐기도 하지만, 자네처럼 연속으로 검은 구슬을 뽑아 불행과 고통을 맛보기도 한다네. 그런데 말일세 세상 이치란 참으로 묘한 법이라네. 검은 구슬을 내 삶에서 먼저 뽑아낼수록 나중에 흰 구슬을 집을 확률이 월등히 높아지지. 중요한 것은 이 나무상자 안에 아직 여덟 개의 구슬이 남았고, 그 속에는 분명히 흰 구슬이 들어있다는 거야. 좌절하지 않고 멈추거나 포기하지 않고, 다시 도전하다 보면 반드시 하늘이 주시는 행운도 자네 편이 되어 흰 구슬을 머지않은 날에 잡을 걸세."

한 사람이 어떤 멘토를 만나느냐에 따라 그의 인생이 달라집니다. 그래서 좋은 친구, 좋은 멘토가 필요합니다. 그것을 우리는 사랑이라고 합니다.

몸도 마음도 지쳐 아프고 고통스러운 이웃에게 먼저 다가가 위로나 격려를 보내는 따뜻한 친구가 오늘의 당신이었으면 좋겠습니다.

골프 이야기

그 사람의 됨됨이는 18홀이면 충분히 알 수 있다고 한다.

함께 운동을 하는 것만으로도 유쾌한 사람이 있는가 하면 왠지 조심스럽고 분위기가 다운되는 사람이 있다.

너무 신중하거나 늑장 플레이를 하는 사람이 있는가 하면, 미리 준비하고 빨리 움직이면서 멋진 스윙을 하는 사람도 있다. 캐디를 배려하고 벙커 정리를 스스로 하는 사람이 있는가 하면, 잘 안된다고 캐디에게 짜증을 내고 심지어 골프채를 내던지는 사람도 있다.

자기에게는 후하고 남에게는 야박한 사람과는 두 번 다시 함께 골프를 치고 싶지 않다. 골프에도 역시 칭찬과 격려가 상대방을 기분 좋게 한다. 큰 소리로 '굿 샷'을 외쳐 주고 홀인원 같은 대단한 기록이 아니더라도 잘한 것에 대해 격하게 반응해 주는 것은 좋은 행동이다.

골프를 잘 치느냐 못 치느냐가 문제가 아니고 유쾌하고 매너 좋고 함께 하면 기분이 좋은 사람과 골프를 치고 싶다. 샷을 잘하면 잘 치는 골퍼는 될 수 있지만 인간성이 따라가지 못한다면 멋

있는 골퍼는 될 수 없다.

나는 어떤 골퍼일까? 나랑 다시 골프를 하고 싶다는 사람이 많으면 좋겠다.

골프는 연습량이나 타고난 운동신경, 또 각자의 스타일에 따라 실력 차이가 나기 마련이다. 골프를 시작하면 오랫동안 치게 되기 때문에 처음에 시작할 때부터 괜찮은 코치를 정해서 열심히 잘 배우고 꾸준히 연습을 하는 게 중요하다.

제대로 배우지 않고 필드에 나가기 시작하면 잘못된 스윙 자세가 굳어지면서 평생 후회하게 될지도 모른다.

생각보다 점수가 안 나오니까 기분도 나쁘고 친구들과 내기 골프를 하게 되면 돈을 잃을 확률도 높아진다. 내기 골프에서 돈을 잃는 것이 1~2만 원 차이밖에 안 되지만 그 기분은 천양지차이다.

시작할 때 좋은 코치로부터 잘 배우고 열심히 연습하면서 골프를 즐기면 좋겠다. 스윙이 완전히 몸에 익숙해질 때까지는 계속해서 꾸준히 연습을 해야 한다. 공부하지 않고 시험을 잘 칠 수는 없는 것과 같은 이치이다.

할아버지의 안경

어느 날 목수인 할아버지가 다니는 '시카고교회'에서 중국의 고아원에 옷을 보내기로 하고 옷을 담을 나무상자를 만들었습니다.

그 만든 상자에 옷을 담고 마무리 작업으로 못질을 하고 일을 끝냈습니다. 일을 모두 마친 후 할아버지는 안경을 찾았습니다.

그런데 윗옷 주머니에 넣어 둔 할아버지의 안경이 몸을 숙이는 순간 나무 상자 안에 들어가서 옷 속에 파묻힌 것을 몰랐습니다. 한참을 찾아도 찾을 수가 없었습니다.

당시는 대공황이라 하루 벌어 하루 먹고 살기도 힘든 때였습니다. 그래서 밝은 눈으로 좋은 가구를 만들어야만 팔릴 것 같아서 당시 돈으로 거금인 20불을 들여서 비싸게 산 안경이었습니다. 안경을 찾지 못한 할아버지는 낙심한 채 집으로 왔습니다.

그렇게 세월이 흐른 후 교회에서 옷을 보내주었던 중국의 고아원 원장님이 시카고에 있는 교회를 방문하여 주일 저녁 설교를 맡아서 간증하셨습니다.

원장님은 교회가 그동안 고아원을 도와준 것을 너무도 감사하다고 말했습니다. 무엇보다 감사한 건 보내준 '안경'이라고 했습니다.

원장님은 당시 공산당원들이 고아원에 들이닥쳐 기물을 부수면서 자신의 안경도 부수었다고 합니다. 당시 안경을 잃어버린 원장님은 앞이 제대로 보이질 않아서 두통이 끊이질 않았다고 합니다. 앞이 보이지 않을뿐더러 보려고 애를 쓰면 두통으로 일을 할 수 없었답니다.

그래서 안경을 달라고 하나님께 기도하였답니다. 신기하게도 그때 시카고교회가 보내준 옷상자에서 새 안경을 발견했다고 합니다. 너무도 기쁜 마음에 안경을 쓰니 그 안경이 마치 맞춘 것처럼 자기에게 잘 맞더라는 겁니다.

이 말을 하며 원장님은 다시 한번 감사하다고 했습니다. 교인들은 원장님의 안경 이야기가 무슨 이야긴지 잘 모르는 것 같았지만, 뒷자리에 조용히 앉아있던 할아버지는 그 이야기를 듣는 내내 하염없는 눈물이 흘러내렸습니다.

평범한 목수에 불과한 자신의 실수조차도 완벽하게 사용하시는 하나님의 계획이 강하게 느껴졌습니다.

지난 시간 자신을 자책하며 '나처럼 못난 놈이 있을까?' 하면서 '안경 하나도 간수하지 못하는 인간'이라며 자신을 꾸짖던 모든 일들이 하나님 앞에서, 당신의 사랑과 계획 가운데 귀한 역사를 일으켰음에 할아버지는 소리 없이 우시면서 하나님께 감사하였습니다.

인생은 나그네

이탈리아에 있는 밀라노 대성당에는 세 가지 아치로 된 문이 있다.

첫 번째 문은 장미꽃이 새겨져 있는데 "모든 즐거움은 잠깐이다."라는 문장이 있다.

두 번째 문은 십자가가 새겨져 있는데 "모든 고통도 잠깐이다."라는 문장이 있다.

세 번째 문에는 "오직 중요한 것은 영원한 것이다."라고 쓰여 있다고 한다.

튀르키예 사람들은 고난과 슬픔을 당한 사람에게 인사를 할 때 이렇게 말한다고 한다.

"빨리 지나가기 바랍니다."

인생은 나그네와 같아서 괴로움이나 즐거움이나 눈 깜박할 사이에 지나간다. 어린 시절은 아침과 같고, 젊은 시절은 낮과 같고, 늙은 시절은 저녁과 같아 잠깐 사이에 지나가는 것이 우리의 인생이다. 인생이 나그네라는 뜻은 사람이 세상에서 떠나갈 때 모든 것을 두고가야 된다는 의미라고 한다.

대가야시대의 왕궁이 있었던 성터에 세워진 대가야국성지비, 현재 고령 향교 옆에 있다

후회하지 않기

"나는 젊었을 때 정말 열심히 일했습니다. 그 결과 실력을 인정받았고 존중받았습니다. 그 덕에 65세 때 당당한 은퇴를 할 수 있었죠.

그런 내가 30년 후인 95살 생일 때, 얼마나 후회의 눈물을 흘렸는지 모릅니다. 내 65년의 생애는 자랑스럽고 떳떳했지만, 이후 30년의 삶은 부끄럽고 후회되고 비통한 삶이었습니다.

나는 퇴직 후 '이제 다 살았다. 남은 인생은 그냥 덤이다'라는 생각으로 그저 고통 없이 죽기만을 기다린 것이나 마찬가지였습니다.

덧없고 희망이 없는 삶…. 그런 삶을 무려 30년이나 살았습니다. 그 30년의 시간은 지금 내 나이 95세로 보면 내 일생의 3분의 1에 해당하는 긴 시간입니다. 만일 내가 퇴직할 때, 앞으로 30년을 더 살 수 있다고 생각했다면, 난 정말 그렇게 살지는 않았을 것입니다.

그때 나 스스로가 늙었다고, 뭔가를 시작하기엔 늦었다고 생각했던 것이 큰 잘못이었습니다. 나는 지금 95살이지만 정신이 또렷합니다. 앞으로 10년, 20년을 더 살지 모릅니다.

이제 나는 하고 싶었던 어학공부를 다시 시작하려고 합니다. 그 이유는 단 한 가지, 10년 후 맞이하게 될 105번째 생일날, 95살 때 왜 아무것도 시작하지 않았는지 후회하지 않기 위해서입니다."

우리는 노년을 위해 무엇을 준비하고 있는지 생각을 하게 하는 글입니다. 이 글의 주인공은 호서대 설립자인 강석규 박사께서 95세에 쓰셨던 수기입니다.

안타깝게도 강석규 박사는 105세를 2년 앞두고 향년 103세로 고인이 되셨습니다.

허버트 후버(Herbert Hoover)

미국 스탠퍼드 대학에 다니는 한 학생이 아르바이트 자리를 찾아다녔습니다. 학자금과 생활비가 필요한 학생은 며칠을 이른 새벽부터 일자리를 찾아다녔지만 쉽지 않았습니다.

거의 포기 상태에 이르렀을 때 한 회사의 아르바이트생 모집 공고를 발견한 학생은 회사로 찾아가 말했습니다.

"저는 정말 누구보다 성실할 수 있습니다. 어떤 일이든 다 잘할 수 있다는 장담은 못 하지만, 무슨 일이든 정말로 열심히 하겠다는 것은 장담할 수 있습니다."

학생의 말을 들은 회사 담당자는 미소를 지으며 말했습니다.

"열성적인 모습이 보기 좋네요. 그런데 혹시 타자기를 다룰 줄 아시나요? 타이프를 칠 줄 안다면 지금 당장 일을 시작하게 해 주겠습니다."

아직 컴퓨터가 대중적으로 보급되기 전에는 대부분의 서류는 수기나 타자기로 작성되었습니다. 그리고 당시에 타자기를 다루는 것은 제법 기술이 필요한 일이었습니다.

잠시 무언가를 생각하던 학생은 채용 담당자에게 자신에게 4일 간의 시간을 달라고 부탁했습니다. 그리고 4일 후에 출근한 학생은 곧바로 능숙하게 타자기를 다루며 일을 시작했습니다.

그 모습을 본 채용 담당자는 학생에게 그동안 무엇을 했느냐고 묻자 학생은 이렇게 대답했습니다.

"저는 그동안 두 가지 일을 했습니다. 한 가지는 타자기를 빌린 일이고, 또 한 가지는 밤을 새우며 타자 연습을 했습니다."

이 학생이 바로 훗날 미국 제31대 대통령이 된 '허버트 후버 (Herbert Hoover, 1874-1964)'입니다.

기회란 모든 것이 준비된 사람에게만 찾아오는 것이 아니라 오히려 무언가를 찾고자 하는 사람들에게 발견되는 것이 기회입니다.

진짜 부자

빌 게이츠(Bill Gates)가 부유하지 않던 시절 뉴욕 공항에서 비행기를 기다리고 있었다. 그는 신문 가판대에서 신문을 사고 싶어 신문을 집었는데 현금이 없었다.

그는 신문을 상인에게 돌려주며 말했다.

"지금 제게 현금이 없습니다."

그러자 그 상인이 말했다. "그냥 가져가세요."

빌 게이츠는 감사하며 신문을 가져갔다.

우연하게도 3개월 후에 같은 공항에서 신문을 살 잔돈이 없어 똑같은 상황이 벌어졌다. 미안해하며 신문을 도로 놓자 상인은 또다시 신문을 공짜로 주었다. 그는 미안해서 가져갈 수 없다고 하자 상인이 한사코 신문을 건네주었다.

"신문은 뉴스를 읽을 필요가 있는 이에게 소중한 겁니다. 그냥 가져가세요."

그 후 19년이 지났고, 빌 게이츠는 유명한 갑부가 됐다. 갑자기 신문을 팔던 상인이 생각나 수소문 끝에 간신히 그 신문 장수를 찾았다.

그에게 물었다. "저를 아십니까?"

"네, 알아요. 당신은 빌 게이츠가 아니세요?" 그에게 다시 물었다.

"혹시 기억하세요? 저에게 신문을 공짜로 주셨던 사실을 말입니다."

"네, 기억합니다." "당신은 내게 신문을 두 번 공짜로 주었습니다. 그때 주신 도움을 크게 돌려드리고 싶습니다."

그러자 그 상인이 말했다. "선생님, 이렇게 함으로써 제가 드린 도움에 상충하는 보답이 된다고 생각하십니까?"

"예? 무슨 말씀이세요?"

"저는 가난한 신문 장수였을 때 당신을 도왔습니다. 하지만 선생님은 세상에서 제일가는 갑부가 되고 나서 도우려고 합니다. 그리고 당신의 도움과 제 도움은 가치가 다릅니다. 은혜나 자비로 베푸는 도움과, 도움이 꼭 필요한 사람을 돕는 도움은 그 가치가 다릅니다. 도움이 꼭 필요한 사람을 도와야 빛이 납니다."

그리고 그 도움을 사양했다.

상인은 비록 가난했지만 필요한 사람에게 신문을 주었다. 또 필요치 않은 과분한 공돈을 챙기려고 하지도 않았다. 개념 정리가 분명한 마음의 부자였다.

빌 게이츠는 이 신문 장수를 '진짜 부자'라며 존경했다.

이때부터 빌 게이츠는 돈을 자비가 아닌 꼭 필요한 사람을 돕는 데 쓰려고 애를 썼다고 한다.

할아버지의 부탁

영국의 어느 마을에 부모를 일찍 여읜 채 할아버지 손에 자라난 에드워드 윌리암 보크라는 소년이 있었다.

너무 가난해서 하루 하루를 살아가기가 무척 힘들었던 보크는 큰 꿈을 안고 미국으로 이민 가기로 결심하였다.

할아버지와 마지막 작별 인사를 나누고 배를 타려 할 때 할아버지가 어린 손자에게 한마디 유언 같은 부탁을 하였다.

"너 있는 곳을 언제나 좋게 만들어라(The place where you are will be blessed)."

학교 교육도 제대로 받지 못한 소년은 할아버지 말씀을 가슴 깊이 새기고 이 말씀대로 살 것을 굳게 다짐하면서 영국을 떠났다.

소년 보크는 미국 북부인 보스턴에 도착하여, 거리 신문 가판대를 만들어 놓고 신문팔이를 시작하였다.

이른 새벽, 남보다 먼저 나와서 신문을 파는 가판대 주변을 깨끗이 청소하고, 다른 사람보다 한발 앞서 조간신문을 받아다가 손님들에게 팔았다. 석간신문도 남보다 먼저 가져다 팔면서 주변을 늘 깨끗하게 정리하고 유지했다.

이 가판대에서 조간신문을 종종 사서 보던 커티스 출판사 사장은 부지런하고 주변 정리를 늘 깨끗하게 해 놓는 그 소년이 마음에 들어, 그를 커티스 출판사의 청소부로 채용하였다.

그는 그 자리에서도 성실하게 일했다. 그의 성실성에 놀란 커티스 출판사 임원들은 그를 정식 사원으로 채용했다. 보크는 그곳에서 다시 열심히 일했다. 그는 마침내 판매부장으로 승진하였다.

그곳을 언제나 좋게 만들리라는 정신으로 일한 보크는 다음에 경리부장이 되었고, 그의 성실성과 근면성에 반한 커티스 출판사 사장은 그를 사위로 삼았다.

사위가 되면 이젠 최고 자리를 차지할 수 있게 된 것 아닌가? 드디어 그는 편집국장과 총 지배인을 거쳐 마침내 커티스 출판사 사장 자리에 오르게 되었다.

그리고 커티스 출판사를 미국의 유명 출판사로 키웠다. 가난뱅이 보크가 기업의 사장이 된 것이다.

그는 오직 한 가지 할아버지가 주신 교훈을 마음에 새기고 어떤 어려운 환경 속에서도 좌나 우로 치우치지 않고 그 교훈대로 살았기에 성공한 것이다.

"너 있는 곳을 항상 Blessed(좋게, 복되게, 신성한) 하라."

VIP는 누구인가?

우리나라의 어떤 재벌 회장의 이야기입니다. 유명 기자 겸 중견 작가가 중요한 일로 회장과 예정에 없던 인터뷰를 했습니다.

인터뷰를 마치자 회장이 말합니다.

"저녁 식사를 모셔야 하는데 오늘 마침 중요한 VIP와 선약이 있어서요. 다음에 꼭 모시겠습니다."

작가는 그게 누군지 궁금해졌습니다. 그래서 물어보았습니다.

"혹시 외국에서 온 고위급 정치인이나 재벌 회장입니까?"

회장이 웃으면서 대답합니다.

"아닙니다. 부모님과 처와 제 자식들입니다."

작가가 감동을 받아 자신도 그날 다른 약속을 모두 취소하고 VIP를 만나러 집으로 갔다고 합니다.

그렇습니다. 최고의 성공은 사랑하는 사람들로부터 사랑을 받는 일이며 이 세상에서 최고의 VIP는 가족입니다.

아침 출근하면서 아내에게 말했습니다.

"내일은 저녁을 밖에서 먹어야 할 것 같아. 내가 아는 최고의

VIP와 저녁을 같이 먹기로 했거든…"

아내가 물었습니다.

"하~ 좋으시겠네요. 그게 누군데요?"

내가 말했습니다.

"누구긴~ 당신하고 내 아이들이지."

출근하면서 얼른 보니 아내가 콧노래를 흥얼거리며 청소를 하
네요.

"당신은 나의 VVIP입니다."

사람이 삶을 살면서 역사에 이름을 남기는 위대한 업적보다도
부모님과 가족을 위한 희생적인 사랑이 어쩌면 더 크고 위대한 일
인지 모릅니다.

재산목록 1위가 가족입니다. 일도 중요하지만 가족들과 행복한
시간을 가져야 합니다.

고양이의 빈자리

부뚜막 위에 놓아둔 생선 한 마리가 없어졌다. 필시 집에 있는 고양이가 한 짓이라고 판단한 주인은 분을 삭이지 못하고 급기야 집고양이를 죽이고 만다. 확실히 그 집고양이가 먹었다는 증거도 없이 말이다.

그러나 주인은 최소한 네가 안 먹었어도 그다음 의심이 가는 쥐새끼들이라도 잘 지켰어야 했던 것 아니냐는 울분에 집고양이를 죽이는 성급한 결정을 내린 것이다.

집고양이를 살리려던 일부 식구들도 목청 큰 어른의 위압에 끌려 고양이를 죽이기로 합의했다. 집고양이가 억울하게 없어진 그날부터 쥐새끼들에게는 만고에 거칠 것이 없는 신세계가 펼쳐져 흥에 겨워 어쩔 줄을 몰라하면서 날뛴다.

부뚜막은 말할 것도 없고 찬장이고 곳간이고 심지어 다락방, 안방까지 온통 쥐새끼들 독차지가 된다. 그것도 모자라 신나게 뛰어다니는 데 방해가 된다고 여기저기 구멍을 내더니 드디어 집 기둥 밑둥까지 갉아내기 시작한다.

그러던 어느 날 비바람이 불던 날 겨우겨우 버티던 그 초가집은 소리도 없이 폭삭하고 만다. 우리가 사는 이 시대를 풍자하는 짧은 글이다. 현 시국에서 국민 각자의 생각은 다르겠지만 지금의 현실을 직시하면 앞날이 훤히 보이지 않을까 싶다.

자존심을 버려라(Give up your pride)

사람의 마음은 양파와 같다. 마음속에 가진 것이라고는 자존심밖에 없으면서 뭔가 대단한 것을 가진 것처럼 큰소리치곤 한다.

그리고 그 자존심을 지키기 위해 고집을 부리고 불평하고 화를 내며 이웃과도 자주 다툰다. 그러나 마음의 꺼풀을 다 벗겨내면 남는 것은 아무것도 없다. 사람이 자존심을 버릴 나이가 되면 공허함과 허무함밖에 남지 않는다.

그리고 그 하나하나를 벗겨내는 데는 많은 시간과 아픔이 따른다. 사람이 세상에 태어날 때는 자존심이 없이 태어난다. 그러나 세상을 살면서 반평생은 자존심을 쌓으면서 살고 다시 그것을 허무는 데 남은 반평생을 보낸다.

그리고는 자존심 때문에 힘든 인생을 살아왔다고 후회하면서 세상을 떠난다. 우리의 자만 안에 가두고 있는 자존심을 허물수만 있다면 우리는 많은 시간과 기회를 얻을 수 있다. 자존심 때문에 만나지 못했던 소중한 사람들도 만날 수 있고 자존심 때문에 하고 싶어도 못했던 일들도 할 수 있게 된다.

또한 우리는 자존심을 버리면 자신의 체면 손상 때문에 사람들의 눈치를 볼 필요가 없게 된다. 자신이 숨기 위해서 고민하거나 긴장하지 않아도 된다. 자존심을 버리면 더 많은 사람을 만날 수 있고 마음이 상해서 고민하는 일도 없게 된다. 자존심을 빨리 내려놓으면 더 넓은 세상을 바라볼 수 있게 된다. 자존심은 최후까지 우리를 초라하게 만드는 부정적인 인식이 깔려있다.

우리가 지금까지 쌓아놓은 자존심을 버리면 안 보이던 것이 보이고 많은 사람들이 가까이 다가온다. 자존심을 버리는 순간 좋은 인간관계가 유지되는 것이다. 꼭 잡은 자존심을 놓는 순간 모든 사람들에게 사랑과 존경을 받는 상대가 될 수 있다.

알량한 자존심 때문에 평생을 체면 유지를 위해 마음고생은 얼마나 했는지 자존심에서 해방되면 심리적으로도 안정을 찾을 수 있다. 자만심과 자존심이 강한 사람일수록 격식과 허식이 많은 사람이고 인격 수양이 덜 된 사람이다. 예부터 그런 사람한테서는 배울 것이 없다고 했다.

물론 여기서 말하는 자존심은 쓸데없는 자존심을 말한다. 필요한 자존심과 쓸모없는 자존심의 구분은 있어야 한다.

"아무 쓸모 없는 자존심은 개에게나 줘버려라."

"알량한 자존심 따위는 버려라."

이 말의 의미를 되새기며 앞으로의 삶은 쓸데없는 자존심은 내려놓고 격식 없이 부담 없이 살아가도록 하자.

자존심

사람의 마음은 물병과 같다. 그리고 사람의 자존심은 병 안의 물과 똑같다. 자존심의 정확한 정의는 자신을 자랑스러워하고 자존감을 갖는 상태이다. 이것은 전혀 쓸모없는 것보다 오히려 중요하다.

자존감은 당신이 당신 안에 가질 수 있는 자부심의 한계에 대해 가르쳐 줄 수 있다. 그리고 만약 당신이 그 한계의 경계를 넘으면, 자존심이 당신 안에서 넘칠 것이고 그것은 나쁜 일이 될 것이다.

그러나 물병의 한계 안에 자부심을 유지한다면 그것은 좋은 일이며, 귀중한 교훈을 얻을 수 있다. 예를 들어, 자부심은 당신이 사랑하는 사람의 기쁨과 그들의 업적을 깨닫는 데 도움이 될 수 있다.

자존심은 당신 자신뿐만 아니라 그런 다른 사람에 대해 자부심을 느낄 수 있다. 그러나 누군가의 자존심과 자존감이 넘쳐나고 물병의 경계 내에 담을 수 없다면, 그것은 나쁜 일이 되고 건강한 자존감이 아닌 자아로 변한다. 사람들에게 그들을 사랑하고 자랑스럽다는 것을 알려야 하지만 그들의 물병을 과도하게 채워서는 안 된다.

당신은 물병에서 자부심을 쏟아내고 그것을 채우는 데 또 시간을 보낸다. 당신이 그 일을 하는데 사용하는 특정 시간도 없다. 너무 적은 자존심은 나쁘고, 너무 많은 자존심은 나쁘다. 만약 당신이 너무 많은 자부심을 가지고 있다면, 당신은 더 많은 공간을 만들기 위해 당신의 병에 있는 자부심을 계속 마시지만, 당신이 마신 자부심은 당신과 함께 남아 지나치게 과장된 자존감과 탐욕으로 변할 수 있다.

하지만 당신이 너무 적게 가지고 있다면, 당신은 힘든 시기에 대한 준비가 되어 있지 않다. 자존심은 당신을 계속 움직이게 하지만, 만약 당신이 그것을 너무 적게 가지고 있다면, 사막에서의 혹독한 더운 여행에서 물이 담긴 물병 없이는 살아남을 수 없는 것처럼, 당신 자신이나 다른 사람들이 당신을 판단할 때 당신은 살아남지 못한다고 생각할 것이다.

그러니 자존심은 꼭 나쁘지만은 않다는 것을 기억하자. 말하자면 지나친 자존심, 쓸데없는 자존심은 버리라는 것이다. 필요한 자존심은 당신을 인생의 올바른 방향으로 나아가게 하는 좋은 교훈이 될 수 있다.

---

* 할아버지! 할아버지가 올리신 Give up your pride!(자존심을 버려라!)를 읽어 보고 글이 너무 좋아서 저도 한번 써봤어요. (이글은 미국에 있는 외손녀 지우가 쓴 글이다.)

일사종위(一事終爲) _ 하나의 일이라도 끝까지

유비가 새로운 스승을 만나기 위해 길을 떠나던 어느 날이었다. 한참을 걷던 중, 꽤 넓은 개울 하나를 마주하게 되었다. 어쩔 수 없이 바지를 걷고 반쯤 건너는데, 한 노인이 유비에게 외쳤다.

"거기 귀 큰놈아! 나도 좀 업어 건너다오!"

유비는 이왕 젖은 거, 좋은 일 한 번 한다는 생각으로 노인을 업고 개울을 건넜다. 그런데 이번에는 건너편에 짐을 놓고 왔다며 다시 자기를 업어달라며 화를 내는 것이었다.

유비는 잠시 생각하더니, 다시 노인을 업고 건너가 짐을 찾아왔다. 이에 노인이 웃으며 물었다.

"끝까지 나를 도와준 이유가 무엇이냐? 두 번째 부탁은 거절하고 갈 수도 있었는데?"

유비는 이렇게 대답했다.

"제가 거절하고 가버렸다면, 어르신을 업고 강을 건넌 처음의 수고마저도 의미가 없어집니다. 하지만 조금만 참으면 첫 번째 수고로움에 두 배의 의미를 얻게 되는 것이죠."

일등석 사람들

세상에서 성공한 사람들의 밀도가 가장 높은 곳은 비행기의 일등석이다. 그러한 퍼스트클래스 승객들만의 행동과 습관을 지켜본 한 스튜어디스가 『일등석의 사람들』이라는 책을 펴냈다. 그 책의 내용을 요약하면 다음과 같다.

1. 일등석 사람들은 펜을 빌리지 않는다.

   항상 메모하는 습관이 있고 모두 자신만의 필기구를 지니고 다녔다. 메모는 최강의 성공 도구이다. 기록하는 행위는 상대에게 신뢰를 주고 아이디어를 동결 건조시켜 보존해 준다.

2. 일등석 사람들은 전기와 역사책을 읽는다.

   유독 1등석에서는 신문을 가져다 달라는 요청이 드물다. 그들은 지독한 활자의 중독자들이나 베스트셀러가 아닌 잘 알려지지 않은 투박하고 묵직한 책을 읽는다.

3. 일등석 사람들은 자세가 다르다.

   퍼스트클래스의 승객은 일단 자세가 바르다. 그리고 시선의 각도가 높은 것이 특징이다. 자세가 좋지 않은 사람은 범접지 못할 당당한 분위기를 풍긴다. 행동거지가 당당한 사람은 정면을 바라보기 때문에 시선의 각도도 자연히 높아진다.

4. 일등석 사람들은 대화를 이어주는 '톱니바퀴' 기술의 전문가다.

   퍼스트클래스의 승객은 정말 흥미진진하게 다른 사람의 이야기를 듣는다. "그래서 어떻게 됐지요?" "그럼, 어떻게 하는 게 좋을까요?" 하면서 상대방의 말을 이끌어낸다.

5. 일등석 사람들은 승무원에게 고자세를 취하지 않는다.

   '바쁜 중에 미안하지만'과 같이 항상 완충 어구를 덧붙이며 말을 건넨다.

6. 일등석 사람들은 주변 환경을 내편으로 만든다.

　퍼스트클래스에 동승한 자신과 같은 처지에 있는 다른 승객에게 인사하는 것은 매우 효율적인 인맥 형성 방법이다.

7. 그들은 아내를 극진히 모신다.

　그 이유는 높은 지위에 올라도 개의치 않고 솔직한 생각과 감정을 표현하는 존재가 아내이기 때문이다.

　퍼스트클래스는 비행기 좌석의 3%이고 부유층 구성비도 3%이다. 성공한 사람과 같은 행동을 하면 누구나 언젠가는 그들처럼 성공할 수 있다.

칭찬과 질책

두 여자가 있었는데 한 여자는 거의 완벽에 가깝고, 다른 한 여자는 부족함이 많았습니다. 이 두 여자가 비슷한 시기에 결혼을 했습니다.

거의 완벽한 여자와 살게 된 남자는 복이 터졌다고 생각했습니다. 그런데 결혼하고 보니 완벽함 속에 부족함이 몇 개 보였습니다. 단점만 몇 개 보완한다면 최고의 아내가 될 것 같았습니다.

다음 날부터 단점을 지적하기 시작했습니다.

"여보, 내가 그거 좀 고치라고 했지!"

완벽한 여자로 만들기 위해 매일 지적을 하기 시작했고 완벽한 그 아내는 매일 잘못한 점을 지적받으면서 스트레스로 우울증에 걸렸고 인생 살 맛을 잃었습니다.

반대로 부족함이 많은 여자와 결혼한 남자는 여자를 보니 한두 가지 고쳐서 될 것이 아니란 걸 알았습니다. 그래서 웬만하면 넘기고 칭찬을 했습니다.

"여보, 참 잘했어요! 웬일이야! 당신은 생각보다 센스가 있네."

늘 그처럼 칭찬을 하였고, 칭찬을 받은 아내는 자신감이 생기

고, 얼굴에 생기가 돌고 살맛이 났습니다. 부족함이 많았던 아내
는 점점 아름답고 완벽해졌다고 합니다.

화단에 심은 꽃도 가꿔줘야 하듯이 부족해도 기다려 주고 인정
해 주고 칭찬해 주면서 잘 가꿔주면 빛나는 보석처럼 아름다워질
것입니다.

나 또한 다른 사람이 보기에 부족함이 많은 사람임을 잊지 말
아야 하겠습니다.

미래의 노후(老後)

"당신은 인생의 마지막 20년을 함께 할 친구가 있습니까?"

대만에서 〈미래의 노후〉라는 주제로 한 웹 영화가 많은 네티즌의 공감을 샀다고 합니다.

영화 속 줄거리는 산속에서 혼자 사는 노인에 대한 이야기를 담고 있는데, 네 명의 자식들은 모두 다 장성해 교수가 되었거나 해외에 나가 장사를 하고 있고, 노인만 자식들이 모두 떠난 산골집에서 혼자 살아갑니다.

그러던 어느 날, 아들과 손자가 멀리서 찾아온다는 소식에 그는 정성껏 맛있는 음식들을 준비합니다. 하지만 곧이어 오지 못한다는 전화를 받게 되고, 준비했던 음식들은 주인을 잃고 맙니다.

이때 창밖의 하늘마저 우중충해지고 노인은 친구를 불러 함께 식사할 계획을 세웁니다. 하지만 누렇게 색이 바랜 낡은 수첩을 한참 동안 뒤적거려도 함께 식사할 만한 친구를 찾지 못합니다.

마침내 창밖에서는 비가 쏟아져 내리고, 결국 노인은 부엌 식탁에 앉아 가득 차려진 음식을 홀로 먹게 됩니다.

영화 마지막 장면에 조용히 흐르는 자막이 의미심장합니다.

"당신은 인생의 마지막 20년을 함께 할 친구가 있습니까?"

대만 최고의 베스트셀러 작가 우뤄취안이 쓴 『우리는 그렇게 혼자가 된다』는 미래의 나의 자화상은 어떤 모습이 될지 잠시 명상에 잠기게 합니다.

노후의 친구는 첫째는 가까이 있어야 하고, 둘째는 자주 만나야 하며, 셋째는 서로가 존경하고 배려하는 마음이 있어야 하고, 넷째는 취향과 조건이 비슷하고 부부가 함께 할 수 있어야 합니다.

신이 주신 선물(A gift from God)

어느 날 터미널 앞을 지나치는데 자그마한 여자아이가 우산을 팔고 있었다.

"얘야, 우산 하나에 얼마 하니?"

"5천 원이에요."

"그럼 저것은 얼마 하니?"

아이가 머리를 긁적이며 고개를 갸웃거리고 있는 것을 보고, 장사를 하면서 가격을 모르면 어떡하냐는 표정으로 바라보던 나에게 말끝을 흐리며 말했다.

"엄마가 하시던 장사인데, 아파서 대신에……."

겸연쩍어하는 아이를 바라보며 잠시 생각에 잠긴다.

"가난이 따뜻할 수는 없는 건지……."

비가 갠 후 장사를 마친 아이는 터미널 한구석에 있는 노인에게 천 원을 건네주고는 걸어가면서 빈 박스를 가득 실은 할머니의 리어카를 고사리손으로 밀어주고 있었다.

아름다운 사랑을 실천하는 아이의 착한 모습을 보면서 물음표로 차 있던 나의 사고(思考)가 느낌표로 채워지는 것을 발견하고……, 비어있던 가난한 마음을 채워준 아이가 하도 이뻐서 우유

하나를 건네주었더니 우유를 받은 아이는 맞은편에 앉아있는 낯선 노숙인에게 우유를 가져다준다.

"너 먹지, 왜 그래?"라는 표정으로 바라보는 나를 보고 아이는 환하게 웃으며 말했다.

"저보다는 더 필요할 것 같았어요."

불행한 사람에게 행복 전도사 역할을 하고 있던 아이를 바라보며, 누가 조금씩 양보한 자리가 다른 이의 희망이 된다는 사실에 5천 원짜리 우산 하나를 산 나는 모른 척 5만 원을 건네주고 바쁜 척 뛰어갔다.

다음날 〈돈을 찾아가세요〉라는 팻말을 보면서 나는 미소를 지으며 지나치고 있었다.

며칠 후, 가랑비가 내리는 아침인데 그 자리에서 아이가 우산을 팔고 있길래 나는 그때를 기억하지 못할 것이라고 생각하고 다가갔는데 나를 보자마자 아이는 반갑게 웃어 보이며 비닐봉지에 꽁꽁 넣어둔 돈 뭉치(4만5천 원)를 내밀며 말을 걸었다.

"아저씨, 저번에 돈을 잘못 주셨잖아요."

나는 비닐봉지를 건네는 그 아이의 손을 내려다보며 생각했다.

"진짜 행복은 많이 가진 것이 아니라 가진 것을 어떻게 나누느냐에 달려 있구나."

그래서 들판에 홀로 핀 풀꽃 같은 아이에게 조용히 말했다.

"그것은 하느님이 주신 선물이란다."

낫씽(Nothing)!

"베풀어서 덕을 쌓아 두라. 반드시 은혜로 되돌아올 것이다!"

미국 네바다주 사막 한복판에서 낡은 트럭을 몰고 가던 '멜빈 다마'라는 한 젊은이가 허름한 차림의 노인을 발견하고 급히 차를 세웠다.

"어디까지 가십니까? 타시죠! 제가 태워다 드릴게요!"

그 노인이 트럭에 올라타면서 대답했다.

"고맙소, 젊은이! 라스베이거스까지 가는데 태워다 줄 수 있겠소?"

어느덧 목적지인 라스베이거스에 도착했다. 가난한 노인이라 생각한 젊은이는 25센트를 노인에게 주며 말했다.

"영감님! 차비에 보태 쓰세요!"

그러자 노인이 말했다.

"참 친절한 젊은이로구먼! 어디 명함이나 한 장 주게나!"

그는 무심코 명함을 건네주었고 명함을 받은 노인이 말했다.

"멜빈 다마! 고맙네. 내 이 신세는 꼭 갚겠네. 나는 '하워드 휴즈'라고 하네."

그후 세월이 흘러 이 일을 까마득히 잊어버렸을 무렵에 기상천

외한 사건이 일어났다.

〈세계적인 부호 하워드 휴즈 사망〉이란 기사와 유언장이 공개되었기 때문이다.

하워드 휴즈는 영화사, 방송국, 비행기회사, 호텔, 도박장 등 50개 업체의 회장이었다. 그런데 놀라운 것은 그의 유산 중에 16분의 1을 '멜빈 다마'에게 상속한다는 내용이 유언장에 기록되어 있었다.

가족들과 지인들은 '멜빈 다마'란 사람이 누구인지 도대체 아는 사람이 없었다. 다행히 유언장 뒷면에 하워드 휴즈가 적어 놓은 '멜빈 다마'의 연락처와 함께 자신이 일생 살아오면서 가장 친절한 사람이란 메모가 있었다.

그 당시 하워드 휴즈의 유산이 250억 달러 정도였다. 16분의 1은 1억5천만 달러이며 우리 돈으로 환산하면 대략 2천억 원가량이었다. 낡은 트럭을 태워준 친절과 25센트의 차비로 친절을 투자한 것이 2천억 원으로 되돌아온 것이다.

이 글이 우리에게 두 가지 교훈을 보여준다. 친절의 가치는 이렇게 클 수 있다는 것이며 그 많은 재산을 가진 사람도 모두 버리고 이 세상을 떠난다는 것이다. 실제로 '하워드 휴즈'가 남긴 마지막 말은 "Nothing(아무것도 아니야)!"이었다.

인생을 살아보니 아무것도 아니란 것이다. 그는 "낫씽! 낫씽!"이라는 말을 반복하면서 숨을 거두었다. 재물도! 명예도! 죽어 가는 그에게는 아무것도 아니었을 것이다. 참으로 인생무상이 아닐 수 없다.

사람의 향기

프랑스의 휴양도시 니스의 한 카페에는 이런 가격표가 붙어있다고 합니다.

"커피!"라고 반말하는 사람에게는 1만 원을 받습니다.
"커피주세요!"라고 주문하는 사람에게는 6천 원을 받습니다.
"안녕하세요. 커피 한잔 주세요!"라고 예의 바르고 상냥한 손님에게는 2천 원을 받습니다.

말은 사람의 향기라고 합니다. 아무리 꽃이 예뻐도 냄새가 독하면 곁에 가까이 두기 어렵고, 반대로 화려하지 않아도 향기가 좋으면 그 꽃을 방안에 들여놓게 됩니다.

같은 말도 독하게 내뱉는 사람이 있는가 하면 예쁘게 말하는 사람이 있습니다. 그렇다면 누구를 내 안에 들여놓겠습니까?

말 한마디로 천 냥 빚을 갚는다고 합니다.
한번 뱉은 말은 주워담을 수가 없습니다.

발상의 전환

법정 스님이 어느 날 버스를 타려고 막 뛰었는데 안타깝게도 아주 간발의 차이로 버스를 놓치고 말았습니다.

순간 머릿속에 이런 자책이 들었다고 합니다.

"에이! 조금만 더 빨리 나올걸!"

이렇게 말하고 나니 마음이 점점 더 불편해지더랍니다. 그래서 법정 스님은 자신의 생각을 바꿨다고 합니다.

"내가 탈 버스는 다음 버스인데 내가 조금 빨리 나왔구나."

이렇게 생각하니 마음이 한없이 편해졌다고 합니다.

그렇습니다. 우리가 세상을 살면서 변함없는 사고의 고착성 때문에 자신을 스스로 비하하고 안되는 쪽으로만 생각하지는 않았는지요. 긍정적인 사고는 좋은 결과를 가져옵니다.

바로 법정 스님의 생각, 이것이 바로 '발상의 전환'입니다.

생각 하나 바꿨을 뿐인데 마음은 불편과 편안을 오고 갑니다. 우리가 살아가며 일상으로 부딪히는 문제의 고민에서 순간순간 발상의 전환으로 그 느끼는 결과는 행복과 불행으로 전혀 판이하게 달라지게 됩니다. 오늘 나에게 일어나는 어떤 일도 이왕이면 발상의 전환을 좋은 방향으로 생각해 보는 것이 좋겠습니다.

정주영과 빈대

소설 『흙』을 읽으며 변호사를 꿈꿨던 청년 정주영이 16세 때 고향 강원도 통천을 떠나는 계기가 됐던 것은 당시 모 신문에서 연재한 이광수의 소설 『흙』 때문이었다고 합니다. 정주영은 이 소설을 읽기 위해 당시 해당 신문을 구독하고 있던 마을 이장 집으로 밤마다 2㎞ 이상을 달렸다고 합니다.

소년 정주영은 이 소설을 읽으며 도시 생활을 꿈꿨고 주인공처럼 변호사가 되기 위해 가출했는데, 실제로 상경한 후 정주영은 『법제통신(法制通信)』 등 여러 법학 관련 서적을 독학한 적도 있다고 합니다.

가출 후 인천 부두에서 막노동을 할 때 청년 정주영이 머물던 노동자 합숙소에는 빈대가 들끓었다고 합니다. 사실 우리나라는 50년대 말까지도 시골이나 도시를 막론하고 빈대가 많았습니다.

온종일 공사판에 나가 일을 하고 숙소로 돌아와서 잠을 자려니 빈대의 극성으로 도저히 잠을 잘 수가 없었답니다. 궁여지책으로 큰 밥상 위에 누웠더니 잠시 뜸하다가 이내 상다리를 타고 올라와 물어뜯더랍니다.

기어 올라오는 빈대를 잡기 위하여 양동이 네 개를 구하여 물을 가득히 담아 밥상 다리를 그곳에 담가 놓고 잠을 자니, 2~3일은 조용하더랍니다. 그러다가 다시 빈대가 찾아와 물어뜯기 시작했고, 이상해서 불을 켜고 빈대들이 무슨 방법으로 양동이 물 장애를 극복하고 올라왔을까 살펴보았더니 놀랍게도 빈대들은 방벽을 타고 천정까지 올라간 다음, 상을 겨냥해 뚝 떨어지더라는 것입니다.

그 후 그는 어떤 일에나 전심전력으로 생각하고 노력하면 뜻을 이룰 수 있다는 빈대의 지혜를 기업경영에 활용했다고 합니다. 사람이 삶을 영위함에 있어 꼭 필요한 것은 누구에게서나 부단히 배우고자 하는 겸손한 자세입니다.

그래서 "불치하문(不恥下問, 아랫사람에게 묻는 것을 부끄러워하지 않음)"이라고 했습니다. 배우려는 의지를 가질 때 나의 스승이 아닌 것은 없습니다. 그것이 비록 빈대와 같은 미물이라 할지라도 말입니다.

황새의 희생

황새는 예로부터 길조(吉鳥)로 여겼는데 황새가 동네에 군락을 이루면 큰 벼슬을 할 사람이나 만석꾼이 태어난다는 속설이 있을 정도로 친근한 우리나라 농촌의 텃새입니다.

하지만 현재는 줄어드는 개체로 인해 멸종위기 종이 된 황새는 다른 새들과는 다른 특징을 가지고 있습니다.

먼저 황새는 한번 짝을 맺으면 평생 자신의 짝을 보살피는 독특한 새인데, 심지어 수컷이 죽으면 암컷은 죽을 때까지 혼자 사는 일도 종종 있다고 합니다.

그리고 깊은 부부애만큼이나 더 특별한 것이 있는데 그건 바로 '자녀 사랑'입니다.

대부분 새는 수컷과 암컷이 번갈아 가며 먹이를 물어 오는데 황새는 먹이를 하나씩 물어 오지 않고 다량의 먹이를 가슴속에 품고 와서는 목에 힘껏 힘을 줘서 연신 먹이를 둥지에서 토해낸 뒤 새끼들에게 먹이를 골고루 나눠줍니다.

황새의 이러한 행동은 새끼들끼리의 먹이 경쟁을 낮춰 자칫 경쟁에서 도태되는 개체가 나오지 않도록 하기 위한 것입니다.

황새의 또 다른 특징으로는 '효'가 있습니다. 다 자란 성채가 된 새끼 황새들은 자유롭게 훨훨 날아갈 수 있지만, 나이가 들어 병든 부모 황새를 위해 먹이를 물어다 주고, 자신의 큰 날개로 쇠약한 부모를 정성스레 보호합니다.

이러한 황새를 보고 로마 시대에는 자녀가 나이 든 부모를 의무적으로 보살피도록 하는 '황새 법'을 만들기도 했습니다.

부모의 사랑, 자녀의 사랑.

이 두 가지는 한낱 미물도 깨닫고 지키는 자연의 섭리와 같습니다. 그리고 이 두 가지의 공통된 핵심은 바로 '희생'입니다.

부모의 사랑, 자녀의 효. 모두 희생을 바탕으로 세워진 귀한 섭리입니다.

러시아의 유명한 소설가이면서 언론인이었던 도스토옙스키 (Dostoevsky)는 이렇게 말했습니다.

"사랑은 자기희생이 없이는 생각할 수 없는 것이다."

진정한 인성(人性)

영국의 어느 고등학교에서 1등과 2등을 다투는 학생 둘이 있었습니다. 1등을 하는 학생은 동양인이었고, 2등을 하는 학생은 영국인이었습니다.

언제나 조금의 점수 차이로 동양인이 1등을 하자 영국 학생의 친구들은 늘 영국 학생에게 이렇게 얘기했습니다.

"야, 너 어떻게 해서든지 1등 좀 해봐라."

그런데 어느 날 늘 1등만 하던 친구가 며칠 동안 학교에 안 나왔습니다. 그래서 2등 하던 친구가 알아봤더니 1등 하던 동양인 친구가 교통사고를 당해서 입원해 있었습니다.

그 소식을 들은 그의 친구들은 좋아하며 말했습니다.

"야 잘됐다. 이번에야말로 드디어 네가 1등 하겠구나."

그런데 학기 말이 끝나고 성적을 보니 이상하게도 오랫동안 학교에 못 나왔던 그 동양인 학생이 또 1등을 했습니다. 친구들이 어리둥절해하고 있을 때 1등을 한 학생이 일어나서 이야기했습니다.

"내가 병원에 입원해 있을 때 이 친구가 꽃다발을 가지고 와서 위로해 주었고, 학교에서 공부한 것, 필기한 것들을 매일 찾아와서 나에게 가르쳐 주었어. 그랬기 때문에 내가 병원에 누워 있었어도 공부를 다 할 수가 있었고, 또 1등을 할 수 있었어. 난 공부 벌레라서 성적은 좋을지 모르지만 인격적으로는 이 친구가 나보다 훨씬 좋고 훌륭한 친구야."

그러자 모든 친구들이 고개를 숙이고 있는 2등 친구를 칭찬하기 시작했고 많은 선후배들도 그를 존경하게 되었습니다.

이 이야기는 감동적이고 아름다운 모습이지만 사람들은 요즘 세상에 이렇게 양보하며 살다가는 큰일 난다고들 말합니다.

과연 남을 밟고 일어나서 이기적으로 내 것을 챙기고 경쟁에서 승리해야 진정한 성공일까요?

우리가 인생을 살아가면서 가장 힘들어하는 것 중의 하나가 인간관계일 것입니다. 이 인간관계 때문에 스트레스를 받고 회사를 그만두거나 상처받고 우울증에 걸리기도 합니다. 팔로우 없는 리더는 있을 수 없고 자기중심적인 사람들을 동료나 부하직원들은 싫어하기에 결국 대인관계에서 실패하고 맙니다.

위기는 기회

당나귀 한 마리가 빈 우물에 빠졌습니다. 농부는 슬프게 울부짖는 당나귀를 구할 도리가 없었습니다.

안타깝지만 마침 당나귀도 늙었고 해서 쓸모없는 우물을 찾아서 파묻으려고 생각도 했던지라 농부는 당나귀를 단념하고 동네 사람들에게 우물을 파묻는 도움을 청하기로 했습니다.

동네 사람들은 우물을 파묻기 위해 제각기 삽을 가져와서 흙을 파서 우물을 메워가고 있었습니다. 당나귀는 더욱더 울부짖었습니다. 그러다가 조금 지나자 웬일인지 당나귀가 잠잠해졌습니다. 동네 사람들이 궁금해 우물 속을 들여다보니 놀라운 광경이 벌어지고 있었습니다.

당나귀는 위에서 떨어지는 흙더미를 털고 털어 계속해서 바닥에 떨어뜨리고 있었습니다. 그렇게 해서 당나귀는 자기를 묻으려고 떨어지고 있는 흙을 이용해 무사히 그 우물에서 빠져나올 수 있었습니다.

우물 속 당나귀같이 절망의 극한 속에서도 불행을 이용하여 행운으로 바꾸는 놀라운 역전의 기회가 있습니다. 우물에 빠진 당나귀처럼 남들이 나를 해치려 할지라도 나만 당당하고 부끄러울 것이 없다면 두려워할 필요는 없습니다.

살다 보면 때론 나를 곤경에 빠트리려고 하는 사람도 만날 수도 있고, 억울한 오해를 받는 일 등 여러 가지 고난과 역경에 처할 때가 있습니다.

그럴 때마다 우물에 빠진 당나귀처럼 그 곤경들을 발판삼아 툴툴 털고 일어나는 지혜와 용기를 가지시기 바랍니다.

다듬잇돌*

고요한 밤중에 풀벌레 소리와 함께 들려오는 다듬이 소리에는 왠지 가슴 뭉클한 그리움이 있다. 다듬이 소리가 한국을 상징하는 소리 첫 번째로 꼽힌 적도 있다. 다듬이질을 할 때 울리는 경쾌한 소리가 건강한 생명력이나 일상생활의 근면성과 안정을 떠올리게 했기 때문이라고 한다.

지금은 전기다리미가 있어 편하지만 옛날에는 다듬이질을 해야만 했다.

한복은 빨 때마다 바느질한 솔기들을 뜯어내어 삶고 풀을 먹여 말렸다. 어느 정도 마르면 물을 입에 물고 뿜어 습기를 준 다음 보자기에 싸서 꼭꼭 밟아주는 발다듬이를 한다. 발다듬이가 끝나면 차곡차곡 접어 손치기를 하고 다듬잇돌 위에 얹어 놓고 방망이로 두드린다.

다듬이질은 보통 밤에 많이 했다. 하루종일 논일, 밭일, 부엌일, 빨래 등 지친 몸으로 다듬이질을 하노라면 어깨는 무겁고 팔은 아팠지만, 옛 여인들은 스트레스를 다듬이질과 빨랫방망이질을 통해 풀었다.

친정아버지가 시집간 딸네 집에 처음 갈 때는 다듬잇돌을 메고 갔다. 시집간 딸이 다듬이질을 통해 스트레스를 풀고 참고 살아가라는 생활의 지혜이자 아버지의 돌 같은 사랑이었다.

지금의 시대와는 동떨어진 감이 있지만 그 뜻은 순수하고 지혜롭다.

---

* 친정아버지가 시집간 딸 집에 메고 가던 다듬잇돌과 방망이

남자의 도량(度量)

어느 날 아내가 남편한테 물었다.

"여보, 내가 잘못한 걸 알면서 왜 자꾸 나한테 져줍니까?"

그러자 남편이 이렇게 대답했다.

"당신은 내 사람 아니요? 내가 당신과 싸워 이겨서 뭐하겠소? 내가 당신과 싸워 이기면 당신을 잃는 것이고 당신을 잃으면 진 것과 마찬가지가 아니요?"

그렇다. 남자들은 사장님과 싸워서 이기면 한차례 직장을 잃을 수 있고, 고객과 싸워서 이기면 한차례 돈 벌 기회를 잃겠지만, 아내와 싸워서 이기면 자신을 잃고 자식을 외롭게 한다.

아내들은 당신이 출장 갔을 때 선물을 요구한다. 그것은 당신의 그리움을 요구하는 것이다. 아내들은 생일날에도 선물을 요구한다. 그것은 당신의 마음을 요구하는 것이다. 아내들은 날마다 포옹을 요구한다. 그것은 당신의 따스함을 요구하는 것이다. 아내가 당신과 싸우려는 건 당신의 포옹을 요구하는 것이다.

아내가 남편한테 요구하는 건 당신의 사랑이지 돈이 아니다. 그래서 행복이란 저축 통장의 금액이 아니라 당신 얼굴의 즐거운 웃음이고, 그래서 행복이란 얼마나 좋은 걸 먹느냐가 아니고 얼마나 건강하느냐에 있다.

그래서 남자들에게 행복이란 '얼마나 예쁜 여자하고 사느냐가 아니라 여자가 얼마나 예쁘게 웃느냐'라고 한다.

기억하라!

도리를 가지고 이기려는 건 남자의 수양이고, 도리를 가지고 져주는 건 남자의 도량이다. 다른 사람은 아니더라도 아내한테만은 도량 있는 남자가 돼라.

길고 짧음

법문을 하시는 한 고승이 지팡이를 옆에 놓고 가리키며 말씀하셨다.

"이 막대기를 톱이나, 도끼나, 손을 대지 말고 짧게 만들어 보라!"

3개월 동안 머리를 싸 동여매고 공부를 했건만 모두들 어떻게 해야 할지 생각이 나지 않았다.

그때 한 스님이 앞으로 나가 삼배를 올리더니 크고 긴 막대기를 가져다가 그 지팡이 옆에 놓으며 말했다.

"제가 한번 해 보겠습니다."

고승은 빙그레 웃으시고 만족해하시며 말하셨다.

"길고 짧다는 것은 상대적 개념이다. 역시 당신이 해냈구나!"

우리가 잘살고 못사는 것도 역시 상대성인데, 대개는 높이 쳐다만 보고 사니까 자신이 부족하고 초라해 보여 불행하다고 느끼고 있다. 그래서 자신을 위로하는 가장 좋은 방법은 자신보다 더 불행한 사람들을 찾아보고 그들을 도와주는 것이라 한다.

행복은 재력이나, 권력이나, 명예에 있는 것이 아니라, 평소에 작은 덕이라도 소홀히 하지 않고 열심히 쌓은 것이 후일의 아름다운 행복이 되는 것이다. 재벌도 자살을 하고, 권력가도 구속이 되고, 명성이 높은 자도 오래가지 못하느니.

"길고 짧은 것은 대 보아야 안다"는 말이 있다. 긴 것도 더 긴 것에 비하면 짧은 것이고, 짧은 것도 더 짧은 것에 비하면 길다. 입장의 차이에 따라 길고 짧음이 판명된다.

"인생은 짧고 예술은 길다."

인생을 멋지게 사는 이에게는 그 인생이 짧게만 느껴지지 않을 것이다. 길고 짧음에 연연할 것이 아니라, 얼마나 멋있게 인생을 살 것인가가 문제인 것이다.

엘리너 루스벨트

미국의 역대 퍼스트 레이디들 중에서 가장 '호감가는 여성'으로 손꼽히는 사람이 엘리너 루스벨트(Eleanor Roosevelt)입니다.

엘리너 루스벨트의 얼굴 표정은 항상 '매우 밝음'이었습니다. 그녀는 밝은 표정으로 주위 사람들을 즐겁게 해 주었습니다.

그러나 엘리너가 열 살 때 고아가 됐다는 것을 아는 사람은 거의 없습니다. 그녀는 한 끼 식사를 위해 혹독한 노동을 해야 했습니다. 심지어 돈을 '땀과 눈물의 종잇조각'이라고 부를 정도였습니다.

그러나 이 소녀에게는 남들이 갖지 못한 자산이 하나 있었습니다. 그것은 낙관적인 인생관이었습니다. 엘리너는 어떤 절망적 상황에서도 비관적인 언어를 사용하지 않았습니다. 그녀의 여섯 자녀 중 한 아이가 사망했을 때도 "아직 내가 사랑할 수 있는 아이가 다섯이나 있는 걸"이라고 말했습니다.

인생의 말년에 남편 루스벨트는 관절염으로 '휠체어 인생'이 됐습니다. 휠체어의 루스벨트가 엘리너에게 농담을 던졌습니다.

"불구인 나를 아직도 사랑하오?"

엘리너 루스벨트는 웃으면서 이렇게 말했습니다.

"내가 언제 당신의 다리만 사랑했나요?"

어려운 환경에서 자랐지만 이같이 밝은 성격과 낙관적 인생관은 사람의 운명을 바꾸어 놓습니다.

아름다운 동반자

　새로운 부부가 태어나는 결혼식 날, 아버지의 팔짱을 끼고 아름다운 신부가 입장하는데 신부가 한쪽 다리를 절면서 들어왔습니다.

　다른 쪽보다 짧은 다리를 이끌고 힘겹게 신랑 앞에 거의 다 왔을 무렵 갑자기 신부가 넘어지고 말았습니다. 순식간에 일어난 일에 하객들과 신부 아버지는 당황했고 신부는 그 자리에서 어쩔 줄을 모르고 있었습니다.

　하지만 그때 신랑이 달려 나오더니 신부의 손을 잡아 일으켜 팔짱을 꼈습니다. 그리고 늠름하게 신부와 같이 걸어가서는 주례자 앞에 섰습니다.

　주례가 시작되고 몇 분 지나자 신랑은 자신의 한쪽 발을 웨딩드레스 밑으로 살며시 들이밀어 신부의 짧은 발을 자기 발등 위에 올려놓고는 얼굴 가득 미소를 짓고 있었습니다.

　그 장면을 본 하객들은 두 사람의 모습에 큰 감동을 받았습니다. 그 자리에 참석한 신랑 친구 중의 한 명도 세상에서 제일 아름다운 결혼식을 보았다고 했습니다.

그리고 부부가 신혼여행을 다녀왔을 때 그 친구가 그 가정을 방문하여 이야기를 나누면서 결혼 앨범을 보고 있었습니다.

결혼 앨범에서 메모지 한 장이 떨어졌는데 그 친구는 그 메모지에 적힌 메모를 보고 또 한 번 크게 감동을 받았습니다.

거기에는 이렇게 적혀있었습니다.

"제가 늘 기쁨으로 당신의 한쪽 다리가 되겠습니다. 만일 그렇게 하지 못한다면 당신과 내가 진실로 하나가 될 수 있도록 내 한쪽 다리를 절개해 달라고 기도하겠습니다."

고재호 대법관

1940년~1960년 초까지 법조계에 고재호(1913~1991)라는 법관이 계셨다. 대법관과 중앙선거관리 위원장을 지냈으니 이룰 만큼 이룬 분이셨다. 이분은 41세로 최연소 대법관이 되신 분이다.

대법관으로 계시던 1950년대 고향 전남 담양에 갈 일이 있었다. 그 시절엔 대법관에게 전용 차량이 없어서 광주까지 열차로 가서 완행버스를 타고, 버스 종점부터는 걸어서 개천을 건너야 했다.

신발과 양말을 벗고 개천을 막 건너려는데 마침 이를 보던 순경이 기왕에 양말을 다 벗었으니 자기를 좀 업어 건너게 해달라고 했다. 그 당시 고 대법관은 40대 중반이었는데 40대 후반 순경이 무례하게 굴었던 것이다.

그런데 고 대법관은 아무 불평 없이 그 순경을 업고 개천을 건넜다. 고 재판관이 양말을 신는데 순경이 물었다.

"어디로 가십니까?"

"건넛마을 고향 집에 갑니다."

"뉘 댁을 가시는지요?"

"집안에 혼사가 있어서 가는 길이요."

"함자가 누구신지요?"

"고재호올시다."

그러자 순경은 너무 놀라 꼬꾸라지듯이 엎어졌다. 그는 "고씨 댁에 서울에서 귀한 어른이 내려오시니 업어서 개천을 건너 드리며 잘 모시고 오라."고 경찰서장이 보낸 인근 파출소 순경이었다.

세상에는 완장 차고 큰 모자에 제복 입는 사람치고 겸손한 사람은 드문 것 같다. 하지만 고재호 대법관은 '겸손이 영광보다 먼저다'를 몸소 실천하셨던 것이다.

그러기에 그는 변호사 시절 대한변호사협회 회장을 두 차례나 역임하신 바 있다.

할머니의 약

햇살이 송송 떠다니는 거리를 따라 유치원 버스에서 내린 아이가 혼자서 약국 문을 힘겹게 열고 들어왔다.

"약사 아저씨! 빨리 죽는 약 있어요?"

아이의 말에 당황한 약사가 물었다.

"그 약을 누가 먹으려고 그러니?"

"할머니 드리려고요."

아직은 죽음이 뭔지 모를 아이가 하는 말에 속 사정이 있으리라고 생각한 약사가 다시 물었다.

"할머니께서 그런 말씀을 하셨어?"

"네, 저를 재워놓고 할아버지 사진을 보시면서 늘 그렇게 말씀하셨어요."

그리고 어깨에 메고 있던 가방을 열어 손바닥만 한 돼지 저금통을 약사에게 내미는 것이었다.

"내일이 할머니 생신인데 그 약을 선물하고 싶어요."

아무것도 모르는 아이의 천진한 표정 속에 묻어 있는 아픔을 애연하게 바라보던 약사가 말했다.

"네가 말하는 약이 여기 있구나. 그럼 이 약을 할머니께 선물해 드리렴."

아이는 아무리 생각해도 자신이 내민 저금통보다 약사가 내민 약이 비싸 보였는지 궁금한 표정이 역력했다.

"약사 아저씨! 진짜 이 돼지 저금통이랑 바꿔주시는 거예요?"

"그럼. 이 돼지 저금통에 들어있는 돈이면 충분하단다."

동전 몇 개만 딸랑거리는 돼지 저금통을 흔들어 보이며 웃고 있는 약사에게 고개를 꾸벅 숙인 뒤 하늘을 날듯 할머니가 계신 집으로 뛰어가는 모습을 흐뭇하게 바라보던 날들이 지나가고……

그로부터 3일이 더 지난 어느 날 비 내리는 오후 덜컹거리는 손수레를 끌고서 약국 문을 열고 들어오시는 할머니 한 분이 계셨다.

"저, 약사 선생님……"

말끝을 흐리던 할머니가 미리 준비해온 듯 접어놓은 만 원짜리 한 장을 카운터에 올려놓으며 말했다.

"이 약을 며칠 먹고 나니 기운이 나서 이렇게 폐지를 주우러 나온 김에 들렀구먼요."

손자 놈이 자기를 재워놓고 혼자 넋두리하는 걸 듣고 여기 와서 약을 사 올지는 몰랐다며 비싼 약을 가져온 미안함에 쩔쩔매는 몸짓을 하고 있는 할머니에게 다시 약봉지와 만 원을 지어준 약사가 조용히 말했다.

"할머니, 약값은 손자한테 받았으니 걱정 안 하셔도 돼요."

"어린 게 무슨 돈이 있어 약값을 줬을까요. 모자라는 건 제가 폐지를 주워 틈틈이 갚아 드릴테니 우선 이거라도 받아주세요."

"할머니, 그 약 다 드시고 나면 손자를 다시 한번 보내주세요. 아셨죠?"

비 갠 하늘에 펼쳐진 무지개를 타고 할머니가 멀어진 자리를 가만히 지켜보던 약사는 혼자 되뇌이고 있었다.

"귀여운 녀석! 효심만큼 더 좋은 약은 없다고……."

고령 곽촌리 미륵불상

맞장구(Yes Dear!)

기네스 기록 중에 세계에서 가장 오래 사랑하며 장수한 부부가 있었습니다.

영국의 '플로렌사와 퍼티' 부부가 최고 기록자로 인정되었는데, 당시 두 사람은 결혼 81주년을 맞이했고, 부부 나이를 합산하면 205살이 되었습니다. 무려 81년 동안이나 어떻게 행복한 결혼생활을 유지할 수가 있었을까. 이들 부부가 들려주는 비결은 이렇습니다.

첫째, 건강하게 오래 살았기 때문이었는데 부부는 점심과 저녁때 한 잔씩의 술을 즐겼다고 합니다.

둘째, 두 사람은 다툰 채로 잠자리에 들지 않았다고 합니다. 사람이기 때문에 갈등이 없을 수가 없겠지만, 다툰 날에는 곧장 '미안해'라고 하면서 서로의 마음을 풀었다고 합니다.

셋째, 많은 사람들이 무릎을 쳤다고 하는데 그건 바로 '예스 디어(Yes Dear!)'라는 두 단어로 된 말이었습니다.

우리말로 하면 "그래 맞아!" 이 정도의 말인데, 쉽게 얘기하면

'맞장구'였습니다. 아시다시피 맞장구는 공감이고, 공감은 찬성이면서도 한편으론 상대를 배려하는 성숙한 마음으로 단련시킨 습관이기도 합니다.

"그래 네 말이 맞아, 당신 말이 맞아요."

좋은 부부나 좋은 연인이 되기 위해서나 또한 주변 사람들과도 늘 조화로운 관계를 꾸려 나가기 위해서는 이런 공감의 말과 습관은 절대 필요한 것입니다.

이것이 곧 서로 간에 관계를 돈독히 하는 데 도움이 될 것이라는 생각입니다. 또한 이처럼 공감과 소통은 우리의 건강 장수비결이 된다고 합니다.

맞장구라는 말은 남의 말에 서로 호응하거나 동의한다는 뜻으로 풍물놀이를 할 때 둘이 마주 서서 장구를 치는 것에서 유래됐다고 합니다.

대화할 때 상대방에 맞게 맞장구를 잘 쳐주는 것은 대화의 매너라고 합니다. 적절한 맞장구는 당신의 말을 잘 듣고 있다는 신호입니다.

기본적인 매너를 잘 지켜서 맞장구 쳐주는 친구들과 함께 웃음꽃 피는 대화를 나누며 즐겁게 사는 삶이었으면 좋겠습니다. 사람 간의 가장 중요한 대화는 이해하는 것이 아니라 서로 이해하려는 마음입니다.

사브라

이스라엘 부모님들은 사랑하는 자녀에게 "너는 '사브라'다."라고
한다.

사브라는 선인장꽃의 열매 이름이다. 선인장은 생명이 살기 어
려운 악조건에서 자라는 식물이다. 사막의 혹독한 환경에서도 꽃
을 피우고, 열매를 맺기까지 10년이라는 세월을 참고 인내한다.

지정학적으로 이스라엘은 처해있는 척박한 환경 속에서 꽃을
피우고, 열매를 맺으려면 오래 참고 인내해야만 하는 나라이다. 유
대인들이 자녀를 사브라로 부르는 이유가 여기에 있다고 한다. 어
려서부터 대가 없는 성공에 대한 환상을 내려놓고, 심는 대로 거
두는 인생의 법칙을 가르치는 유대인들의 지혜라고 할 수 있겠다.

어느 한 철 찬란히 피어나는 선인장꽃은, 모든 잎을 가시로 바
꾸면서까지 끝끝내 지켜온 선인장의 꿈이듯이, 유대인의 자녀 교
육은 피 맺힌 가시들을 고스란히 품고 인내하여 온전한 순결의
꽃을 피우는 '사브라'를 닮아가길 꿈꾼다.

어릴 때부터 유대인의 교육은 '하지 마라'가 아니라 사브라처럼
'참아라'라고 하는데, 꽃을 피울 때까지 기다리는 교육이다.

그래서 오늘날 유대인은 전 세계 인구의 0.2%이고, 미국 인구의 2%밖에 안 되지만, 하버드대 등 아이비리그 대학생들의 20% 이상, 노벨상 수상자들의 30% 이상을 그들이 차지하고 있다. 게다가 그들은 우리가 익히 들어본 수많은 내로라하는 기업들을 비롯하여 미국의 정치, 언론, 영화, 금융, 산업, 학문 등에 막강한 영향력을 행사하고 있다.

'사브라'라는 호칭은 의지 강화교육의 지혜이다. 자녀에게 '사브라'라고 부를 때마다 다음과 같은 메시지를 심어주는 것이다.

"내 인생은 선인장과 같았고, 나는 사막에서 뿌리를 내리고, 비한 방울 내리지 않고 땡볕이 쬐는 악조건 속에서도 살아남았다. 아침에 맺히는 이슬방울 몇 방울 빨아들이며 기어코 살아남았다. 그러니 너는 얼마나 소중한 존재냐!

'너'라는 열매를 맺기까지 나는 인고의 세월을 견뎠다. 너는 '사브라'다. 선인장 열매. 그러니 너도 끝까지 살아남거라. 그리하여 또 다른 열매를 맺어라. 그 열매가 맺어지거든 또 그를 '사브라'라고 불러주어라."

배려

한 마을에 이웃한 두 집이 있었습니다. 한 집은 넓은 초원에 많은 염소를 키우고 있었고, 그 옆집에는 사냥꾼이 살았는데 아주 사나운 개를 키우고 있었습니다. 이 사냥개는 종종 집 울타리를 넘어 염소를 공격하기도 했습니다.

그걸 본 염소 주인은 사냥꾼에게 개들을 우리에 가둬달라고 여러 번 부탁했지만 사냥꾼은 한 귀로 듣고 한 귀로 흘렸습니다. 오히려 속으로 화를 내며 이렇게 생각했습니다.

"내가 우리 집 마당에서 개를 키우는데 무슨 상관이야."

며칠 후 사냥꾼의 개는 또 농장의 울타리를 뛰어넘었고, 염소 몇 마리를 물어 죽이고 말았습니다. 화가 난 염소 주인은 더는 참지 못하고 마을의 치안판사에게 달려갔습니다.

염소 주인의 사연을 들은 판사가 말했습니다.

"사냥꾼을 처벌할 수도 있고, 또 사냥꾼에게 개를 가두도록 명령할 수도 있습니다."

그러고는 잠시 생각에 잠긴 판사는 이렇게 물었습니다.

"하지만 당신은 친구를 잃고 적을 한 명 얻게 될 겁니다. 적과 이웃이 되고 싶으신가요? 아니면 친구와 이웃이 되고 싶으신가요?"

염소 주인은 대답했습니다.

"당연히 친구와 이웃이 되고 싶죠."

판사는 한 가지 제안을 했습니다.

"잘됐군요. 그럼 한 가지 방법을 알려 드릴테니 그렇게 해 보시죠. 그럼 당신의 염소도 안전하고 좋은 이웃도 얻을 수 있을 겁니다."

판사에게 방법을 전해들은 염소 주인은 웃으며 말했습니다.

"정말 좋은 생각이네요."

집으로 돌아온 그는 가장 사랑스러운 새끼 염소 세 마리를 골라 이웃집을 찾았습니다. 그리고 그 이웃의 어린 세 아들에게 염소를 선물했습니다.

사냥꾼의 세 아들은 염소를 보자마자 푹 빠졌죠. 집으로 돌아오면 매일 염소들과 놀며 시간을 보냈습니다. 아들들이 좋아하는 모습을 보자 사냥꾼의 마음도 행복했습니다.

그러다 문득 마당의 개가 염소를 물어서 해치지 않을까 걱정이 된 사냥꾼은 개를 큰 우리에 가뒀습니다.

염소 주인도 그제야 안심을 했습니다.

사냥꾼은 염소 주인의 친절함에 보답하려고 사냥한 것들을 그와 나누기 시작했습니다. 그러면 염소 주인은 사냥꾼에게 염소 우유와 치즈를 보답으로 주었고요. 그후 두 사람은 가장 좋은 이웃이자 친구로 지냈습니다.

자신의 이익만 생각하는 사람은 자신의 기대와 달리 더 많은 것을 잃게 될지도 모릅니다. 염소 주인이 이웃을 벌하려고만 했다면 두 사람의 관계는 어떻게 되었을까요?

아마 가장 가까이 살지만 먼 이웃이 되지 않았을까요?

선택과 결과

사람들은 크게 두 가지 패턴으로 살아가고 있다고 생각한다. 하나는 '잘 살기 위해서' 사는 사람이고, 다른 하나는 '잘 죽기 위해서' 사는 사람이다.

이 시대의 젊은이들이 가장 닮고 싶어 하는 사람 중에 두 사람은 스티브 잡스(Steve Jobs)와 빌 게이츠(Bill Gates)일 것이다.

이 두 사람의 공통점은 동갑내기로 공부보다 자신의 일을 지독히 사랑하여 대학을 중퇴하고, 사업의 성공 신화를 만든 사람들이다. 그런데 두 사람은 돈을 버는 재주는 비슷했으나 살아가는 목적에 있어서는 아주 달랐다.

스티브 잡스(Steve Jobs)는 '잘 살기 위해서'를 삶의 목적으로 삼았고, 빌 게이츠(Bill Gates)는 '잘 죽기 위해서'를 삶의 목적으로 선택했던 것 같다.

결과적으로 두 사람의 삶은 크게 달라졌다. 아이러니한 것은 잘 살기 위해 살았던 스티브 잡스는 젊은 나이에 일찍 세상을 떠나야 했고, 잘 죽기 위해 살고 있는 빌 게이츠는 백혈병 환자를 살리기 위해 전 재산의 95%를 사회에 환원하였다. 그리고 기쁨으로 봉사하며 건강하게 지금까지도 활발하게 활동하며 살고 있다.

잘 살려고 노력했던 스티브 잡스는 죽음 앞에서 비로소 자신이 잘못된 삶을 살았다는 것을 깨닫고 후회하며 세상을 떠났다고 한다.

잘못된 선택은 우리를 행복하게 할 수 없다. 첫 단추를 잘못 끼우면 나머지 단추도 자동적으로 잘못 끼우게 되기 때문이다.

운명은 주어진 것이 아니라 선택이고 노력이라고 한다. 이와같이 삶의 방향을 선택해야 할 때는 자신의 행복을 위해서 최선의 선택을 하는 것이 중요하다.

꽁트

꽁트(conte)의 비표준어. 외래어 표기법상 '콩트'가 맞지만 우리에겐 '꽁트'가 더 익숙하다.
재미있는 꽁트 자료를 수집해서 제목이나 살을 붙이고 다듬어서 만든 것들을 수록한 것이다.

당신이 웃음 짓기를 바랍니다.
당신을 웃음 짓게 하거든 곁에 두고서 한 번씩 꺼내 보시고 웃음을 잃지 마시기 바랍니다.

꽁트

낚싯대와 팬티

회사에서 성과급이 나온 날에 친구들과의 모임이 있어 저녁 식사를 하고 낚시점에 들렀다. 평소 꼭 사고 싶었던 30만 원을 호가하는 수퍼골드 2.5칸 낚싯대 두 대를 큰맘 먹고 구입했다.

마누라에게 혼날까 봐 조용히 문을 따고 살금살금 들어가 낚시가방에 낚싯대를 재빨리 숨기고 안방을 보니 마누라가 나를 기다렸는지 TV를 켜놓고 자고 있었다. 방이 건조하다고 빨래를 널어놓았는데 그중에 낡아서 다 떨어진 마누라 팬티가 보이길래 유심히 보니 닳아서 망사같이 팬티에 구멍이 나 있었다.

나는 순간 눈물이 핑 돌며 마누라가 안쓰러웠다.

"아! 나는 죽일 놈이다. 아무리 팬티가 비싸도 낚싯대 한 대 값이면 팬티가 몇 개냐? 마누라는 돈을 절약하려고 구멍 난 팬티를 입고 사는데 나는 30만 원짜리 낚싯대를 사서 들고 오다니? 아! 불쌍한 내 마누라. 내 다시 낚시하러 다니나 봐라?"

팬티도 못 사주는 남편으로서 마누라에게 너무나 무심했던 자신을 자책하면서 다시는 낚시질 안 하겠다고 맹세하면서 밖으로 나가서 낚싯대를 확 분질러 버렸다.

다음 날 아침 부시시 잠을 깬 마누라가 말했다.

"여보! 나 어제 백화점에 들렀다가 희한한 것을 봤어."

"아니 뭘 보았는데? 팬티나 하나 사 입지."

"어~ 여보, 내 맘 어떻게 알았어? 그렇지 않아도 최신 유행이라면서 기능성 구멍 난 팬티를 파는데, 비싸지만 신기해서 색깔별로 다섯 개 한 세트 45만 원 주고 큰맘 먹고 하나 사 입었어. 빨아서 입으려고 걸어놓은 거야. 어떻노 괜찮지?"

"뭐? 그 팬티 오래 입고 닳아서 구멍이 난 게 아니라, 비싼 돈 주고 사 입은 최신 유행 팬티라고?"

이놈의 여편네가 망령이 들었나? 구멍 난 팬티가 최신 유행이라고?

아뿔사! 부러뜨린 내 낚싯대는 어디 가서 찾나?

걷기와 막걸리

75세의 한 남성이 병원에서 신체검사를 받았다. 그의 모든 검사 수치가 건강한 것으로 나오자 의사가 남성에게 물었다.

"오늘 검사 결과가 모두 좋게 나왔는데 혹시 건강 비결은 무엇입니까?"

"매일 맨발 만 보를 걷고 막걸리 한 사발을 마십니다. 어쩌면 그게 내 건강의 비결일지도 모르지요."

"좋아요! 그것은 선생님의 유전자가 좋다는 것을 의미합니다. 아버지가 돌아가셨을 때 선생님은 몇 살이었습니까?"

"예? 아버지가 죽었다고요? 누가 그러던가요?"

"선생님이 75세인데 아버지가 생존해 계신다면 아버님의 연세는 어떻게 됩니까?"

"아버지는 97세로 오늘 아침에 나와 맨발 만 보를 걷고 막걸리 한 사발을 마셨습니다."

"아주 좋습니다. 선생님의 가족은 장수 집안이군요. 그럼 할아버지가 돌아가셨을 때 당신은 몇 살이었습니까?"

"아니, 왜 할아버지가 죽었다고 말씀하십니까?"

이 남성의 말에 의사는 당황하지 않을 수가 없었다.

"당신이 75세인데 할아버지가 아직도 생존해 계신다는 말씀입니까? 그럼 할아버님의 춘추는 어떻게 됩니까?"

"저의 할아버지는 118살입니다."

"그럼 할아버님도 오늘 아침에 당신과 걷고 막걸리 한 사발을 마셨습니까?"

"아니요, 할아버지는 오늘 저와 함께 할 시간이 없었어요."

"할아버님이 왜 당신과 함께 할 시간이 없었습니까?"

"왜냐하면 할아버지는 오늘 오후에 결혼을 하시기 때문이지요."

깜짝 놀란 의사가 말을 더듬거리며 물었다.

"118세이신 할아버님께서 오늘 결혼을 하신다고요?"

"예, 할아버지는 더 이상 빠져나갈 구멍이 없기 때문이지요."

거의 실신 상태에 빠진 의사가 마지막으로 소리쳤다.

"아니, 그건 또 왜요?"

"간병인이 임신을 했거든요."

이후 의사는 병원 문을 닫고 매일 맨발로 만 보를 걷고 막걸리를 한 사발씩 마시기 시작했다.

엉뚱한 횡재

두 남자가 시골에서 차를 타고 가다가 차가 고장이 났다. 밤이 다 된 시간이라 둘은 한 저택의 문을 두드렸다. 그러자 문이 열리고 어떤 여인이 나왔다.

"저~ 죄송합니다. 자동차가 고장이 났는데 오늘 하룻밤만 묵을 수 있을까요?"

그 여인은 허락했고, 그 여인은 과부였다.

두 남자는 다음 날 아침 견인차를 불러 돌아갔다.

몇 달 후, 그 중 한 남자가 자신이 받은 편지를 들고 다른 남자에게 찾아갔다.

"자네, 그날 밤 그 과부와 무슨 일 있었나?"

"응, 아주 즐거운 시간을 보냈지."

"그럼 혹시 과부에게 내 이름을 사용했나?"

"응, 그걸 어떻게 알았는가?"

"그래, 고맙네. 그 과부가 며칠 전에 죽었다고 편지가 왔는데, 나에게 유산으로 5억 원을 상속했네."

남자의 성공

어떤 악어농장에 관광객들이 찾아왔다. 사람들이 점점 많아지자 그들을 보고 주인이 과감한 제안을 했다.

"악어가 있는 물에 뛰어들어 건너편에 살아서 도달하는 분께 100만 달러를 드리겠습니다."

막대한 상금에도 관광객들은 아무도 감히 뛰어들 생각을 하지 못했다. 그런데 갑자기 한 남자가 물에 뛰어들었다. 악어들이 몰려들었으나 그는 악어를 피해 필사적으로 헤엄쳤다. 천만다행으로 그는 무사히 건넜다.

농장 주인은 그를 가리키며 외쳤다.

"이 세상에서 가장 용감한 분입니다!"

모든 사람들이 남자에게 아낌없이 박수를 보냈다. 그는 보상을 받은 후 호텔로 돌아왔다. 도착하자마자 가이드가 그에게 말했다.

"정말 대단하십니다. 그 위험한 곳에 뛰어들다니요."

그러자 남자가 말했다.

"제가 뛰어든 게 아니에요. 누군가가 나를 밀었어요!"

그의 아내가 옆에서 미소 짓고 있었다.

모든 성공한 남자 뒤에는 그를 밀어주는(?) 여자가 있다.

아버지

유학 간 아들이 어머니와는 매일 전화로 소식을 주고받는데 아버지와는 늘 무심하게 지냈다.

어느 날, 아들이 갑자기 이런 생각을 하게 되었다.

"나는 아버지가 열심히 일해서 내가 이렇게 유학까지 왔는데 아버지께 제대로 감사해 본 적이 없다. 어머니만 부모 같았지 아버지는 늘 손님처럼 생각했다."

아들은 크게 후회하면서 '오늘은 아버지께 위로와 감사의 말씀을 전해야겠다'는 생각으로 집에 전화를 했다.

마침 아버지가 전화를 받았다.

"엄마 바꿔줄게!"

아버지가 밤낮 교환수 노릇만 했으니 자연스럽게 나온 대응이었을 것이다.

"아니요. 오늘은 아버지하고 이야기하려고요."

아들이 말했다. 그러자 아버지가 하는 말.

"왜, 돈 떨어졌냐?"

그러니까 아버지는 '그냥 돈 주는 사람'에 불과했던 것이다.

"아니요. 아버지께 큰 은혜를 받고 살면서도 너무 불효한 것 같아서 오늘은 아버지와 이런 저런 말씀을 나누고 싶어요!"

아들의 말에 아버지가 다시 하는 말.

"너, 술 마셨니?"

아~ 아버지.

암소 잡은 요량

경주에 살던 정만서라는 사람이 한양으로 가던 중 노자가 떨어져서 이틀을 굶었다. 너무 배가 고파서 주막에 간 정만서는 소 불알을 삶아놓은 것을 보고 돈도 없이 일단 썰어달라고 해서 술과 함께 배불리 먹었다.

음식값을 내라는 주모에게 정만서의 대답은 "암소 잡은 요량 하소"였다. 불알이 없는 암소를 잡은 셈 치라는 소리였다. 주모와 남편은 화가 났지만 상대가 '천하의 잡놈 정만서'라는 것을 알고는 돈 받는 것은 포기하고 도리어 "고깃값 대신 소리나 한번 해 보시오"라고 청했다.

정만서는 노래를 부르고 춤을 추고 온갖 장기를 다 펼쳤다. 그러자 길 가던 사람들이 모여들었고, 그 주막은 그날 최고의 매상을 올렸다고 한다.

우리도 사람과 물질에 걸려서 번뇌 망상과 근심 걱정 때문에 가슴이 답답하고 머리가 아프면 정만서의 '암소 잡은 요량'을 할 줄 알아야 한다. 애초 불알이 없는 암소 잡은 요량을 하면, 막혔던 생각이 풀리고 꿈에서 깨어날 수가 있다.

곧 한 생각의 애착을 비우고 생생한 산 정신으로 임하면 '절후(絶後)에 갱생'이라는 것이다.

어느 골퍼의 일기 ⑴

학교 친구들 몇 명이 모여서 모임을 하면서 골프를 화제로 저녁을 먹다가 한 친구가 건망증이 심한 친구에게 오랜만에 만났으니 다음 주 토요일에 골프나 한번 치자고 제안했다.

"좋지, 그런데 잊어버리기 전에 휴대폰에 입력해 둬야겠네."

건망증이 심한 친구가 좋아하면서 휴대폰을 꺼내 일정 입력을 해두었다.

식사가 끝나고 헤어지기 전에 골프를 제안했던 친구가 건망증이 심한 친구가 걱정되어 말했다.

"야! 너, 다음 주 토요일 골프 약속 잊지 말아라!"

"걱정하지 마."

건망증이 심한 친구가 다시 휴대폰을 꺼내 보더니 말했다.

"어라? 나 그날 선약이 되어 있네. 어떡하지?"

"야! 너 방금 입력한 거잖아."

아이구 두(頭)야~. 우린 제발 이러지는 맙시다.

어느 골퍼의 일기 (2)

드디어 마지막 18번홀 par4다.

친구 놈을 이기기 위해 얼마나 연습을 했는지 눈물이 난다.

그러나 아직 2타 차로 지고 있다.

티샷 중인 친구 놈 뒤에서 조용히 외쳤다.

왼쪽 헤져드 말고 우측 OB쪽으로 나가라고…

하늘이 날 도왔다.

ㅋㅋㅋ.

친구 놈의 티샷이 오른쪽으로 Slice 결과

5온 2퍼트 = 트리플이다.

난 2온 4퍼트다 = 따블 ㅠㅠ

아! 퍼터 연습 좀 더 할걸 그랬나.

연습해서 남 주나~

오늘도 그래서 결국 1타 차로 졌다.

아~ 4퍼트의 비극 ! NIMI…

욕 나올 뻔했다.

어느 골퍼의 일기 (3)

야후! 오늘은 성공이다.

처음 스타트는 별로 좋지 않았다. 연거푸 3홀을 벙커에 빠뜨렸다. 첫 홀은 무조건 올파니까 상관없고, 그 후에도 잘 맞아서 투온이다 싶으면 벙커에 들어가 있었다. 잘 쳤다고 자만하지 말라고 그렇게 만든 모양이다.

드라이브는 그런대로 잘 맞아 나갔는데 후반에는 거리가 조금 문제였다. 그렇지만 우드로 세컨이 조금 잘 되었으니까. 별 문제는 없었다. 그래서 S대 병원장을 지낸 형님이 자주 하시는 말씀이 맞다고 생각한다. 드라이브는 아들놈과 같아서 멀리 떨어져서 살아만 있으면 된다고 한다. 골프는 딱 두 가지 멀리 치고 똑바로 치면 끝이지만 어디 그러기가 쉬운가?

스코어에 별로 신경을 안 쓰는 척하면서 모니터를 힐끔 힐끔 보니까 전반에는 시소를 벌이다가 후반으로 갈수록 스코어 차이가 나면서 다행히 선두를 유지하고 있었다.

게임은 역시 내가 고안한 '신 후세인' 게임을 하면서 다들 재미있어 했다. 배판이면 후세인이 된 사람은 한꺼번에 4개를 먹으니 갑자기 빈집에 소 들어 오는 경우(空家以牛)도 있으니 한번 노려볼

만하다. 지금까지 아는 게임 중에서 제일 재미있는 것 같다.

'그 사람의 됨됨이는 18홀이면 충분히 알 수 있다고 한다. 오늘은 고교 동창들의 골프 모임이다. 회장을 맡고 있는 친구랑 강남에서 카페를 운영하는 점잖은 친구와 교육공무원 출신 친구랑 한 조가 되어 '고추 농사와 신부님' 이야기도 하면서 재미있게 쳤다.

그런데 친구의 신체적인 핸디캡도 알 수 있었다. 교육부 고위직에 있다가 은퇴한 친구가 경기중에 그린 주변의 공을 찾지 못하고 있었다. 이상하게 생각되어 물어보니 왼쪽 눈은 녹내장으로 거의 시력을 잃었고, 오른쪽 눈도 잘 보이지 않는다고 했다. 그 말을 듣는 순간 가슴이 찡했다. 이 친구가 대단한 친구구나 싶었다. 골프 모임에 거의 빠지지 않고 나오는 친구다. 성격이 워낙 좋은 친구라 진한 농담을 주고받으면서 재미있게 운동을 마칠 수 있었다.

그리고 내일은 쌍둥이 손주가 오기로 했다고 연락이 왔다. 이보다 더한 낭보가 어디 있을까. 요즘은 손주가 온다고 하면 다른 핑계를 대며 골프를 취소한다고 하는데 내일 손주들이 온다고 하니 기분이 좋다.

골프클럽의 정리

1. 드라이버 : 아들

   죽지만 않고 멀리 떨어져 있을수록 좋다.

   (OB만 아니면 멀리 칠수록 좋다.)

2. 어프로치 클럽 : 딸

   가까이 살면 딸보다 부모를 생각해 줄 사람은 없다.

   (어프로치를 잘해서 홀 가까이 갈수록 좋다.)

3. 우드 : 친구

   외톨이가 되지 말고 잘되어 있는 친구들을 사귀는 게 좋다.

   (다른 사람이 가지 않는 곳으로 공을 보내지 말고 페어웨이로 안전하게 보

   내는 것이 중요하다.)

4. 퍼트 : 애인

   온갖 정성을 다하고 사랑스럽게 대해야지 도망가지 않는다.

   (홀에 공을 넣으려고 정성을 다해야 하며 잘못 다루면 멀리 도망갈 수도

   있고 똑바로 보내기가 쉽지 않다.)

사오정의 대답

경상도에서 전근 오신 사투리가 심한 선생님에게 사오정이 손을 들고 큰 소리로 말했다.

사오정 : "선생님! 칠판 글씨가 잘 안 보여요. 글씨를 크게 좀 써 주세요."

선생님 : "뭐라카노, 이 자슥 정말로 이게 안 보인다 말이가? 야! 사오정, 너 눈이 도대체 몇이냐?"

사오정 : (깜짝 놀라면서) "네? 제 눈은 둘인데요."

선생님 : (답답하다는 듯이) "어이 사오정, 그게 아니고 눈이 얼마냐고 묻잖아?"

사오정 : (또 놀라면서) "예? 선생님! 제 눈은 안 파는데요."

금덩어리

평소 두터운 우정을 자랑하던 두 친구가 함께 여행을 나섰고 외진 산길을 걷고 있었다. 반나절 동안 쉬지 않고 걸은 탓에 고단해진 두 친구는 잠시 쉬었다 가기로 했다.

그런데 수풀 사이로 반짝거리는 것이 있었고, 이를 발견한 한 친구가 다가가 수풀 사이를 살펴보니 금덩어리 하나가 떨어져 있었다.

그가 금덩어리를 주워 다른 친구에게 보여주자 그 친구는 기뻐하며 큰 소리로 말했다.

"야! 이건 금이 아닌가? 우리 횡재했구려!"

그러자 금덩어리를 주운 친구는 순식간에 표정이 굳어지며 다른 친구에게 말했다.

"이보게, '우리'라고 하지 말게. 주운 사람은 나니까."

그리곤 두 친구는 어색한 상태로 다시 길을 나섰다. 하지만 잠시 후, 길을 가다 요란한 소리에 뒤를 돌아보니 금덩어리를 잃어버린 산적들이 그것을 찾기 위해서 두 사람을 쫓아오고 있었다.

금덩어리를 가진 친구는 이를 보곤 다급하게 다른 친구에게 외쳤다.

"이걸 어쩌나! 저 산적들에게 잡혀서 금덩어리가 있다는 것이 발각되면 우리는 정말 다죽게 생겼네."

그러자 친구는 무표정한 채로 말했다.

"'우리'라고 하지 마시게. 금덩어리를 주운 사람은 자네가 아닌가?"

뛰는 학생 나는 교수

대학생 두 명이 기말시험 전날 친구 결혼식에 갔다가 술을 먹고 늦잠을 자고 말았다. 뒤늦게 학교에 갔지만 이미 시험이 끝나고 강의실은 텅 비어 있어 담당 교수를 찾아가 거짓말을 하며 사정을 했다.

"교수님, 저희가 친구 결혼식에 갔다가 오는데 자동차 타이어가 터지는 바람에 근처 카센터에 가서 타이어 펑크를 때우고 오는 바람에 지각을 했습니다. 한번만 기회를 주십시오."

두 학생의 간청에 교수는 다음 날 재시험을 볼 수 있도록 약속했으며, 시험을 잘 보면 이번 기말시험의 점수를 잘 주기로 약속했다. 이튿날 교수는 이들을 각기 다른 교실에서 시험을 보도록 했다.

문제는 단답식이었다.
문제 1) 자동차의 어느 쪽 타이어가 터져 지각했나? (10점)
문제 2) 수리한 카센터 상호를 쓰시오. (90점)

어떻게 되었을까요?

10초만 참자

과수원의 많은 사과나무에 주렁주렁 열린 사과가 빠알갛게 익기 시작했다. 과수원 주인은 매일 엽총까지 들고나와 울타리 뒤에 숨어 도둑을 지켰다.

바로 그날 밤, 가장 탐스럽게 익은 사과가 열린 나무 위로 한 소년이 살금살금 기어 올라가는 것이 눈에 들어왔다.

그는 분노한 마음에 총을 겨누었다.

그 순간, 무슨 일을 행동으로 옮길 때에는 10초만 참으라고 했던 목사님의 말씀이 퍼뜩 떠올랐다. 그래서 잠시 생각했다.

10초간 참는 동안 그는 어린 소년에게 총을 겨눈 자기 자신이 너무 심했다는 생각이 들었다. 그는 총을 거두고 그냥 집으로 돌아왔다. 집으로 돌아온 그에게 놀라운 일이 벌어졌다.

그의 아내가 사과를 깎아 주며 말했다.

"여보, 우리 애가 참으로 기특하지 뭐예요. 아까 과수원으로 당신을 보러 나갔다가 못 만나고 돌아오면서 가장 잘 익은 사과는 어른이 먼저 드셔야 한다며 이렇게 따왔어요."

10초의 인내가 아들을 살린 것이다.

셋째 며느리의 지혜

옛날 어느 부자 영감님이 회갑을 맞았다. 아침을 먹은 후 세 명의 며느리를 불러 앉혀놓고 한 줌의 쌀을 나누어 주면서 말했다.

"꼭 10년 후면 내가 고희(古稀)가 되겠구나. 지금 나누어 준 쌀로 고희잔치 선물을 마련하도록 해라."

첫째 며느리는 "아버님이 노망을 당겨 하시나 봐." 하고는 마당에 있는 닭에게 쌀을 주었다.

둘째 며느리는 집으로 가지고 와서 쌀독에다 넣었다.

셋째 며느리는 집으로 돌아와 한 줌의 쌀을 꼭 쥐고 한없이 깊은 생각에 잠겼다.

10년이 지난 후, 고희잔치를 맞은 부자 영감님은 온 가족을 한방에 모이게 했다.

"내가 10년 전에 세 며느리에게 쌀 한 줌을 주면서 오늘 고희잔칫날 선물을 준비하라고 했었다. 준비한 것들을 가지고 오너라."

첫째 며느리는 언제 그런 일이 있었느냐고 반문했다.

둘째 며느리는 아버님이 농담을 하시는 것으로 알았다고 말했다.

셋째 며느리는 장부 하나를 가만히 내밀었다.

"소가 5마리, 돼지가 10마리, 염소가 20마리, 그리고 닭이 100마리"

장부를 읽어보던 시아버님은 눈이 휘둥그레지면서 셋째 며느리를 바라보았다.

"그래 막내야! 너는 어떻게 한 줌의 쌀로 10년 만에 이렇게 많은 선물을 마련했는지 자세히 이야기를 해 보아라."

셋째 며느리는 조용히 말했다.

"아버님이 쌀을 주신 뜻을 오랫동안 생각해 보았습니다. 그래서 뒷집으로 가서 한 줌의 쌀과 병아리 한 마리를 바꿨습니다. 그리고 1년이 지나자, 병아리가 알을 낳고, 그 알을 팔아서 또 병아리를 사고, 3년이 되니 닭이 100마리가 넘었습니다. 닭을 몇 마리를 팔아서 염소를 사니 닭은 계속 알을 낳고 염소는 또 염소를 낳고, 그 다음은 돼지를 샀고, 그 다음은 송아지를 사서 이렇게 되었습니다. 처음에는 조금씩 불어났지만 다음부터는 모든 것이 두 배로 늘어난 것입니다. 아버님! 생일선물로 부족하지만 받아주세요."

모든 사람들이 할 말을 잊고 감탄하고 있었다.

"우리 가문을 이어갈 사람은 막내며느리밖에 없구나. 내 모든 재산을 막내에게 상속할 테니 네가 맡아서 가문을 크게 일으키거라!"

고령 성풍세 효자비

생일

어느 이른 아침, 카페에서 차례를 기다리고 서 있었다. 내 앞에 남루한 옷을 입은 비쩍 마른 한 여인이 커피 한 잔 값을 치르기 위해 지갑에서 동전을 꺼내 세고 있자 계산대에 있던 직원이 말했다.

"저기 있는 빵도 하나 가져가세요."

여인이 잠시 멈칫하자, 직원은 다시 큰 소리로 말했다.

"제가 사는 거예요. 오늘이 제 생일이거든요! 좋은 하루 되세요."

그 여인은 연신 고맙다는 말을 하면서 빵 하나를 들고 나갔다. 드디어 내 차례가 되어 내가 그 직원에게 말했다.

"생일날 그 여인을 위해 빵을 사 주시다니 멋집니다! 생일을 축하해요!"

계산대의 직원이 고맙다는 시늉으로 어깨를 으쓱하자 그 옆에서 일하고 있던 다른 직원이 말했다.

"가난한 사람이 오는 날은 언제든 이 친구의 생일이에요. 흐흐흐."

그러면서 내가 말을 이으려고 하자 계산대의 직원이 말했다.

"저는 그저 그분이 먹을 것을 살만한 충분한 돈이 없다는 것이 안타까워서…"

나는 커피를 들고 나오면서 잔돈은 필요 없다며 말했다.

"그것은 당신 거예요."

"손님, 하지만 이건 너무 많은데요?"

그때 내가 말했다.

"괜찮아요. 오늘은 제 생일이거든요."

똘이의 웃음소리

학교에 다녀온 똘이가 소파에 시무룩하게 앉아 있었다. 엄마가 똘이를 쳐다보면서 물었다.

"아들! 왜 학교에서 안 좋은 일이 있었어?"

똘이는 걱정이 되어 나지막하게 대답했다.

"응, 영어 성적이 잘 안 나왔어요."

"그래, 우리 아들! 괜찮아. 열심히 하자. 오늘부터 집에서는 영어로 말할까? 아빠한테도 전화해 놓을게. 그리고 아들, 터메이도 먹을래, 버내너 먹을래?"

"노우, 워러나 한잔 주세요."

똘이는 생긋이 웃었다.

마침 아빠가 들어 오시는데 강아지 워리가 호들갑을 떨면서 달려 나가자 개를 싫어하는 아빠가 강아지를 안아 주면서 말했다.

"어~ Don't worry, don't worry."

옷을 갈아입고 소파에 앉으신 아빠에게 엄마가 말했다.

"당신, 시장하면 두유나 한잔 하시죠?"

"음, Do you know? 워러나 한잔 주세요!"

그리고 소파에서 일어나다가 방귀를 작게 뀌셨다. 귀가 밝은 엄마가 부엌에서 웃으면서 말했다.

"Oh! Don't gas."

아빠는 빙그레 웃으시면서 말했다.

"Sorry sorry. 오늘은 못 사왔어!"

그러자 온 식구가 같이 웃었다. 시무룩했던 똘이의 웃음소리가 크게 들렸다.

---

* 미국에 있는 손녀들을 생각하며 만든 꽁트다.

면접시험

사오정과 손오공이 취직을 하기 위하여 면접시험을 보러 갔다. 사오정이 시험관의 말을 잘못 알아들을까 봐 사오정의 엄마가 손오공에게 먼저 시험을 보면 답을 좀 적어주라고 부탁을 해서 보냈다.

손오공이 먼저 면접시험을 보러 들어가게 되었다. 면접시험관이 좋아하는 축구선수가 누구냐고 물었다.

손오공이 말했다.

"예, 옛날엔 박지성이었지만 지금은 손흥민입니다."

면접시험관의 두 번째 질문이 이어졌다.

"산업혁명은 언제 일어났지?"

손오공이 침착하게 대답했다.

"네, 16세기 말입니다."

시험관의 마지막 질문이 이어졌다.

"UFO가 실제 존재한다고 믿는가?"

"과학적으로 증명되진 않았지만 저는 그렇다고 믿습니다."

손오공이 말하자 시험관은 고개를 끄덕거렸다.

마침 사오정은 오후에 시험을 보게 되어서 손오공과 같이 점심을 먹으며 종이에 문제와 답을 깨알같이 적어서 사오정에게 주었다. 그런데 오후가 되어 사오정의 차례가 되었을 때 면접시험관이 다른 사람으로 바뀌었다.

두리번거리면서 들어오는 사오정이 자리에 앉자마자 면접시험관의 질문이 이어졌다.

"자네 이름이 뭔가?"

사오정은 손오공이 적어 준 대로 답을 큰 소리로 말했다.

"옛날엔 박지성이었지만 지금은 손흥민입니다."

시험관이 고개를 갸우뚱하면서 다시 물었다.

"자네가 태어난 해는 몇 년도인가?"

사오정이 또 크게 말했다.

"네, 16세기 말입니다."

시험관이 웃으면서 물었다.

"뭐야? 자네 바보 아닌가?"

사오정은 그래도 크게 외쳤다.

"과학적으로 증명되지 않았지만 저는 그렇다고 믿습니다."

비밀번호

시골에 있는 조그만 은행 지점에 들렀는데 마침 할머니가 은행 여직원과 실랑이를 벌이고 있었다.

"할매, 비밀번호가 머라요?"

할머니가 작은 목소리로 말했다.

"비둘기."

황당한 여직원이 다시 한번 물었다.

"할매요. 비밀번호 똑바로 말 안 하면 돈 못 찾는다 아잉교. 비밀번호 말하세요."

그러자 살짝 입을 가리신 할머니가 다시 한번 나지막히 말했다.

"비. 둘. 기."

안내에 끝을 보인 여직원이 다시 물었다.

"할매요. 바쁜데 퍼뜩 비밀번호 대이소. 그라마 안됩니다."

그때서야 할머니가 큰 소리로 말했다.

"우리 아들이 비둘기라고 했는데, 그라고 비밀번호를 그렇게 크게 말해도 되나?"

할머니가 적어온 쪽지를 여직원에게 보여주었다.

할머니의 비밀번호는 '9999'였다.

경상도 소년

경상도 어느 깡촌에 살던 소년이 서울에 올라오게 되었다. 처음 오는 서울길이라 신기한 게 한두 가지가 아니었다.

그중에서도 마음을 사로잡은 것은 다름 아닌 지하철이었다. 서울에 도착하여 떨리는 마음으로 지하철에 탑승했다. 지하철 실내에는 손잡이가 열로 늘어서서 좌우로 예쁘게 흔들리고 있는 것이었다.

신기한 나머지 소년은 손잡이를 잡고 매달려 한손 한손 손잡이를 넘겨잡으며 실내를 돌아다니는 것이었다.

그때 어떤 여학생이 걱정이 되어 조그만 목소리로 말했다.

"야~ 그러지 마! 그러다가 다쳐!"

그래도 소년은 그 말을 무시하고 매달리며 놀았다.

화가 난 여학생이 다시 말했다.

"야~ 그러지 말라니깐!"

반응이 없던 소년이 여학생을 째려보며 말했다.

"야~ 그라마 이기 다 니끼가?"

그 말에 어리둥절해하며 기가 죽은 여학생이 옆에 있던 친구를 쳐다보자 옆에 있던 친구가 속삭였다.

"거봐, 내가 일본 놈이라고 했잖아."

짝째기

오늘 아침, 아빠가 딸을 데리고 공원으로 아침 운동을 나가셨다. 집을 나서서 공원 쪽으로 열심히 뛰고 있는데, 지나가던 어떤 사람이 아빠의 운동화를 보고 손짓하며 말했다.

"아저씨, 운동화를 짝째기로 신으셨어요."

아빠는 발을 내려다보았다. 정말이었다. 한쪽은 흰색인데 한쪽은 검정색이었다. 지나가던 사람들이 모두 쳐다보고 웃었다.

아빠도 웃으시면서 딸에게 말했다.

"어서 가서 아빠 운동화 좀 가져올 수 있겠니?"

"네, 알았어요."

딸은 쏜살같이 달려갔다. 그동안 아빠는 가로수 뒤에 숨어서 딸이 돌아올 때까지 기다렸다. 그러나 딸은 빈손으로 헐레벌떡 되돌아오는 것이었다.

"왜 그냥 왔니?"

아빠가 물었을 때 딸은 고개를 저으며 말했다.

"아빠! 소용없어요. 집에 있는 것도 어차피 짝째기예요."

"응?"

포경수술

집으로 가려고 버스를 탔는데 맨 뒷좌석에 열 살쯤 되어 보이는 꼬마가 앉아 있었다.

이 녀석이 다리를 최대한 쫙 벌리고 앉아 있었다. 옆자리에 앉자 꼬마는 날 한번 쳐다보더니 자세를 바로 하지 않고 그대로 고수하는 것이었다.

'오호, 이 녀석. 한번 해 보자구?'

버릇을 고쳐주려고 나도 다리를 쫘악 벌렸다. 그런데 이 꼬마역시 지지 않으려고 다리에 힘을 주면서 버티더라구.

꼬마에게 힘으로 질 수는 없는 일. 말없이 온몸의 힘을 다리에 집중시키고 계속 밀었다. 꼬마는 드디어 포기를 했는지 애처로운 눈빛으로 쳐다보더군.

그러고는 얼굴을 찡그리면서 나에게 작은 목소리로 한마디 하는 것이었다.

"저~ 아저씨, 아저씨도 포경수술 하셨어요?"

이벤트 행사

어떤 카페에서 연인들을 상대로 한 이벤트 행사를 벌이고 있었다. 상품이 빵빵한 퀴즈풀이었다.

사회자가 하는 말.

"우리 몸 중에는 '지'자로 끝나는 부위가 많은데 아시는 분?"

여러 사람들이 이구동성으로 말했다.

"허벅지! 장딴지! 엄지! 검지!"

그러자 사회자가 대답했다.

"네, 맞습니다. 하지만 그 정도는 누구나 아는 수준이고, 또 없을까요?"

그의 말끝에는 야릇한 장난기도 묻어났다. 사람들이 고민을 하던 중에 씩씩한(?) 한 여자의 목소리가 크게 들려왔다.

"해골바가지!"

순간 물을 뿌린 듯 조용해지는가 싶더니 카페가 떠나가라고 웃음보가 터졌다. 사회자도 어처구니가 없는 듯 한참을 웃더니 그 여자를 무대로 불러냈다.

뜻밖에 그녀는 얼굴도 이쁜 소위 말하는 퀸카였다. 어떻게 저런 여자 입에서 '해골바가지'란 소리가 나왔는지 궁금할 지경이었다.

이어서 사회자가 또 물었다.

"또 없을까요?"

그러자 잠시 곤혹스런 표정을 짓던 그 아가씨의 얼굴이 활짝 펴지면서 하는 말.

"모가지!"

사회자도 이제는 두 손을 드는 듯하더니 말을 이었다.

"마지막으로 한 번만 더 물어볼게요. 또 없을까요? 이번에도 대답을 하시면 선물을 따블로 드리겠습니다."

그 아가씨가 진지하게 고민하는 모습에서 모든 사람들이 '이젠 정말 이 아가씨도 없구나' 하고 생각할 때쯤 그녀의 재치(?)가 또 한 번의 빛을 발했다.

"배때~지!"

카페에 있던 사람들이 모두 까무러쳤다.

마지막 소원

미국인, 일본인, 한국인 세 사람이 아프리카를 여행하다가 무단 침입을 했다는 이유로 야만인들에게 붙잡혀서 곤장 백 대씩을 맞게 되었다.

형을 집행하기 전에 야만인 추장은 혹시 죽을 수도 있으니 이들에게 단 한 가지씩 마지막 소원을 들어주겠다고 했다.

먼저 방석 여섯 개를 발견한 미국인이 말했다.

"제 등 뒤에 저기 있는 방석 여섯 장만 올려주십시오."

추장은 소원을 들어주었고, 미국인은 등에 방석을 올려놓은 채 곤장 백 대를 맞았다. 하지만 방석이 너무 얇아 70대를 맞자 다 찢어져 버렸다. 나머지 30대를 맨 등에 맞은 미국인은 가물가물한 정신으로 이렇게 말하면서 정신을 잃었다.

"그래도 나는 창조력이 뛰어난 민족이야."

이 과정을 지켜보던 일본인은 침대가 여섯 개 있는 것을 보고 말했다.

"제 등 위에는 침대 매트리스 여섯 개를 올려주십시오."

추장은 역시 소원을 들어주었다. 덕분에 일본인은 곤장 백 대를 맞는 동안 별 아픔을 느끼지 못했다. 집행이 끝나고 일어나면서 일본인은 웃는 얼굴로 말했다.

"역시 나는 모방 기술이 뛰어난 민족이야."

마지막으로 야만인 추장은 한국인을 향해 소원을 물었다. 한국인은 웃으면서 대답했다.

"저 얄미운 일본 놈을 제 등 위에 올려주십시오."

수제비

퇴근을 하고 집에 와서 20미터쯤에서 옷을 벗으며 아내를 불러 보았다.

"여보! 오늘 저녁 메뉴가 뭐야?"

대답이 없었다.

'아~ 마누라가 늙긴 늙었나 보다.'

소파에 앉아서 15미터쯤에서 아내를 다시 불렀다.

"여보! 오늘 저녁 메뉴가 뭐지요?"

역시 대답이 없었다.

'아~ 내 마누라가 이렇게 늙었단 말인가?'

다시 10미터쯤에서 다가가면서 아내를 불렀다.

"여보! 오늘 저녁 메뉴우?"

또 대답이 없었다.

'아~ 내 마누라가 이제는 완전히 맛이 갔구나.'

탄식을 하며 쳐다보니 주방에서 음식을 열심히 만들고 있는 아내의 뒷모습이 너무 애처롭게 보였다. 그동안 고생만 시킨 아내에게 미안한 마음이 들었다.

측은한 마음이 든 남자가 뒤에서 아내의 어깨를 살포시 감싸 안는 허그라는 것을 하며 나직히 물었다.

"여보! 오늘 저녁 메뉴가 뭐야?"

그러자 아내가 깜짝 놀라면서 말했다.

"아이고. 내가 수제비라고 몇 번을 말했어요?"

강도의 질문

외딴 곳에 바보가 살고있는 집에 강도가 들었다.

강도 : "어이~ 꼼짝 마!"

바보 : "네네…"

강도 : "너희 집에 오니까 별로 가져갈 게 없구나. 내가 낸 문제
　　　를 네가 맞히면 그냥 가도록 하고, 못 맞히면 네가 숨겨
　　　둔 물건을 내놓도록 해라. 알겠느냐?"

바보 : "네네…"

강도 : "숨겨둔 물건이 있느냐?"

바보 : "글쎄요. 없는 것 같은데요."

강도 : "그러면 문제를 못 맞히면 네 배를 째야겠구나."

강도가 겁을 주자 바보는 혼자서 떨고 있었다.

강도 : "대신 너한테는 쉬운 문제를 내겠다. 우리나라가 삼국시
　　　대였을 때 세 나라 이름은? 지금부터 10초를 세겠다."

강도가 낸 문제를 바보는 알 수가 없었다. 강도가 10초를 다 세어 갈 무렵 마지막 1초가 남았을 때 칼을 번쩍 들어 보였다.

바보 : (깜짝 놀라면서) "배째실라고 그려요?"
강도 : (깜짝 놀라서) "바보가 아니잖아?"

그 말을 강도는 '백제 신라 고구려요'로 알아들었다.

천생연분

오래전에 농촌 어르신들이 출연하는 TV 프로그램 중 풍성한 상품이 주어지는 낱말 맞히는 코너가 있었다.

사회자한테서 "시작"이라는 말과 함께 빨리 맞혀야 되는 게임이었다. 주어진 낱말은 〈천생연분〉이었고 할아버지가 설명했다.

"임자가 나랑 만나서 자식 낳고 지금까지 살아온 거 있잖아!"

얼마 뒤 할머니가 감을 잡은 듯 입을 주욱 내밀더니 크게 외쳤다.

"아~ 웬수."

"아니여!"

할아버지는 답답한 마음에 화가 났지만 힌트를 주었다.

"두자 말고 넉자여, 넉자."

넉자라는 힌트에 할머니는 고개를 끄떡이면서 눈을 반짝이더니 또박또박 정확하게 발음했다.

"평! 생! 웬! 수!"

할아버지가 자포자기한 듯 대답했다.

"아이고. 이 웬수야!"

그래도 할머니와 할아버지는 미움과 원망은 미운 정으로, 사랑과 고마움은 고운 정으로 남아서 서로를 끈끈하게 오랫동안 붙들어 줍니다.

그렇게 평생 함께 사는 것이 '천생연분' 부부입니다.

충청도 아저씨

　　서울 청년이 충청도 시골 상갓집을 가고 있는데 앞쪽 논에서
갑자기 경운기 한 대가 올라오더니 천천히 가고 있었다. 빨리 서울
로 돌아가야 되는 청년은 차에서 내려 사정을 말했다.

　　"아~ 경운기 소리 때문에 잘 안 들리는디 외딴길이라서 어째
유?"

　　"아저씨, 죄송하지만 옆에 논으로 좀 비켜주시면 고맙겠습니다."

　　"아~ 많이 바쁘시유?"

　　아저씨가 싱긋이 웃으면서 한 마디 하고는 계속 가고 있었다.
청년은 따라가면서 큰 소리로 말했다.

　　"아저씨, 조금 전에 말씀 드렸잖아요."

　　"아~경운기 소리 때문에 잘 안 들려. 나도 바쁜디, 많이 바쁘시
유?"

　　한 마디 하고 아저씨는 또 가고 있었다. 다시 큰 소리로 사정을
말하자 고개를 끄덕이면서 대답했다.

　　"아~ 많이 바쁘면 어제 오지 그랬시유?"

　　그러면서 또 계속 가는 것이었다.

뒤돌아보니 너무 먼 길을 와서 세워둔 자동차가 조그맣게 보였다. 청년은 그만 털썩 주저앉고 말았다.

그러나 아저씨의 경운기는 계속 천천히 가고 있었다.

멋쟁이 할머니

대구 칠성시장 근방에 멋쟁이 할머니가 살고 있었다. 그 할머니의 성은 오씨였고 귀는 안 좋지만 항상 화장을 하고 멋을 잔뜩 부리고 다녔다.

그날도 시장을 지나가고 있었는데 어디선가 할머니 부르는 소리가 들렸다.

"오처녀~ 오처녀~ 같이 가 오처녀."

할머니는 기분이 좋아서 룰루랄라 하면서도 못 들은 체하고 집으로 왔다.

할머니가 생각한 것은 다음날도 그곳을 지나가는데 이번에는 보청기를 끼고 다른 말도 들어 보겠다는 것이었다.

그 다음 날 보청기에 선글라스까지 끼고 멋을 잔뜩 부리면서 다시 시장을 지나갔다.

그때 낯익은 목소리가 또다시 들려서 할머니는 씨익 웃으면서 자세히 들어보았다.

"오처넌~ 오처넌~ 갈치가 오처넌~"

유가 할아버지

시골에 살던 할아버지가 기차를 타고 서울역에서 내려 버스를 탔다. 서울역에서 종로 쪽으로 오자 운전기사가 이렇게 외쳤다.

"이가입니다. 이가 내리세요."

그러자 몇 사람이 내렸다.

잠시 후 또 운전사가 소리쳤다.

"오가입니다. 오가 내리세요."

이번에도 몇 사람이 우르르 내렸다.

노인석에 앉아서 계속 운전사를 보고 안절부절못하던 할아버지가 운전사에게 큰 소리로 물었다.

"운전사 양반, 왜 이가하고 오가만 내리게 하는 거요?"

운전사가 무슨 말인지 알아듣지 못하고 물었다.

"네, 뭐라고 하셨어요?"

"아니, 유가는 언제 내리느냐고?"

저건 닭이야

갓 결혼한 부부가 숲으로 산책을 나가 오붓한 시간을 보내고 있는데 멀리서 거위 우는 소리가 들려왔다.

아내가 말했다.

"여보, 닭이 울고 있어."

"아니야, 거위야. 닭 울음소리가 아니야."

"닭인데…."

남편이 화를 내며 말했다.

"무슨 소리야? 거위라니까! 이 사람이 정말……."

남편이 입에 담아서는 안 될 말을 내뱉으려는 찰나 또다시 거위 우는 소리가 들려왔고, 아내가 눈물까지 글썽이며 말했다.

"맞잖아, 닭이잖아."

아내의 눈물을 본 남편은 그제야 표정을 누그러뜨리고 부드럽게 말했다.

"미안해, 여보. 당신 말이 옳아. 저건 닭이야."

지금 이순간 중요한 것은 소리의 실체가 아니라 아내와의 기분 좋은 산책이라는 것을 자각한 남편의 대응이었다.

고령 우륵공원 산책로

안득기

오래전에 경상도에 있는 어느 고등학교에서 있었던 일이다. 영
어 선생님이 숙제를 안해 온 사람은 나와 보라고 하셨다.

'안득기'라는 학생이 선생님께 불려 나갔다.

선생님 : "어이! 니 이름이 뭐꼬?"

학생 : "안득깁니다."

선생님 : "이게 안 드끄나? 니. 이. 름. 이. 머. 냐. 꼬오? 인자 드
　　　　끼제?"

학생 : "예!"

선생님 : "내 지금 니 이름이 머냐꼬 안 무러보나?"

학생 : "예, 안득깁니다."

선생님 : "정말 안득기?"

학생 : "예!"

선생님 : "니 성 말고, 이름만 말해 봐라."

학생 : "득깁니다."

선생님 : "그래! 드끼제? 그라마 성하고 이름하고 다대 봐라."

학생 : "안득깁니다."

선생님 : "드낀다캤다가 안 드낀다캤다가. 니 시방 내한테 장난
　　　　치나?"

학생 : "샘요 그기 아인데예!"

선생님 : "아이기는 머가 아이라카노? 어이! 반장! 퍼뜩 몽디 하
　　　　나 가온나."

껌을 질겅질겅 씹고 있던 반장은 안 씹은 척 입을 다물고 나간다.

반장 : "샘예. 몽디 가 왔는데예."

선생님 : "이기 머꼬? 몽디 가 오라카이 쇠파이프 가 왔나? 니
　　　　지금 내한테 반항하나? 반장이라는 시키가. 야~! 니가
　　　　이반에 머꼬?"

반장 : (깜짝 놀라면서) "예? 입 안에 입 안에 껌인데예."

선생님 : "머라꼬? 니가 이반에 껌이라꼬? 이 시키들 너거 둘이
　　　　서 녈로 가꼬 노나? 어이~! 너거 담임한테 이야기하까?"

하시면서 몹시 화를 내시는 것이었다.

딱봉이

경상도 어느 시골에 살던 철수가 도시에 나와서 직장에 다니고 있었다. 시골집에 왔다가 옆집에 사시는 나이가 많아서 귀가 잘 안 들리는 친척 할머니에게 선물을 들고 인사를 드리려고 갔다.

철수 : "할매요! 잘 계셨지예? 인사 드릴라꼬 왔심더. 내가 누군
　　　지는 알겠지예?"
할머니 : "그래, 니가 누구더라?"
철수 : "할매요! 딱 보마 모리겠습니꺼?"
할머니 : (미안해서 아는 체하시며) "오냐, 그래. 고맙다. 인자 귀도
　　　잘 안 득기고 정신도 오락가락한다."
철수 : (가까이 가서 큰 소리로) "할매예! 인자 딱 보이 알겠지예?"
할머니 : (고개를 끄떡이며) "오냐, 그래. 그라마 니가 딱봉이가?"
철수 : "네?"

철수는 머리를 긁적이며 자주 찾아뵙지 못해서 죄송한 마음으로 인사를 드리고 나왔다.

술친구의 의리

한 남자가 퇴근하면서 회사 근처의 포장마차에 자주 들렀다. 그러고는 꼭 소주 두 병씩을 마시고 집에 가곤 했다.

어느 날은 포장마차 아주머니가 물었다.

"왜 당신은 올 때마다 소주를 두 병씩 드시나요?"

남자가 대답하였다.

"제 친구가 얼마 전에 세상을 떠났습니다. 그래서 한 병은 친구 것이고, 한 병은 제 것입니다."

그 말에 아주머니는 매우 미안해하였다.

"아… 그런 사연이 있었군요."

그렇게 몇 달이 지난 후 이제는 남자가 소주를 한 병씩만 마시는 것이 아닌가? 이에 아주머니가 궁금해서 물었다.

"왜 이제 소주를 한 병씩만 드세요?"

그러자 남자가 단호하게 말했다.

"아, 저는 술을 끊었습니다."

아들 집과 딸 집

어느 날 어머니가 아들 집을 불시에 방문했다. 아들 집에 가서 초인종을 눌렀다. 그런데 며느리는 안 나오고 아들이 빨간 고무장갑을 끼고 나와 인사했다.

"어머니, 웬일이세요? 어서 들어오세요."

"아니, 네 마누라는 어데 가고 네가 나오느냐?"

"아내가 몸이 불편하다고 해서 누워 있으라 하고 제가 설거지 좀 하고 있는 겁니다."

그러자 열이 오른 어머니가 소리를 버럭 질렀다.

"이런 쓸개 빠진 인간 같으니라고. 내가 고생 고생해서 대학까지 가르쳐 놓았더니 기껏 한다는 게 설거지냐? 에라~ 이놈아 뒈져라. 이놈아!"

화가 난 어머니는 집으로 들어가지도 않고 바로 딸 집으로 방향을 바꾸었다.

그런데 딸 집의 초인종을 누르자 이번에는 사위가 빨간 장갑을 끼고 나왔다.

"장모님, 안녕하세요? 어서 오세요."

"아니. 자네 마누라는 어디 가고 자네가 나오는가?"

"네, 아내가 몸이 불편하다고 해서 누워 있으라고 하고 제가 설거지를 좀 하고 있는 겁니다."

그 말에 어머니가 마냥 행복해하면서 이번에는 이렇게 말했다.

"암, 그래야지. 부부는 서로 돕고 어려울 때 짐을 나누어 져야하는 거지. 어이구~! 기특한 내 사위! 우리 딸이 시집은 잘 갔네!"

중국집 아들

초등학교에 다니는 중국집 아들이 시험을 보고 오자 엄마가 물었다. 평소에 아들은 가게 일도 도우면서 공부도 잘하는 착한 아들이었다.

"어이 아들! 오늘 시험 잘 봤니?"

"네. 세 개만 빼고 다 맞았어요. 근데 엄마! 내가 쓴 답이 왜 틀렸다는 건지 모르겠어요?"

아들이 의아한 표정으로 말했다.

"그래, 니가 틀린 게 무슨 문제였는데?"

"응, 첫 번째 틀린 거는 '보통'의 반대가 뭐냐는 문제였어요."

"그래 아들은 뭐라고 썼어?"

"'곱빼기'라고 썼어요."

"그리고 또 하나 틀린 건 무슨 문제였어?"

"'서비스'라는 단어 풀이 문제였어요."

"아들은 뭐라고 썼는데?"

"'군만두'요! 맞잖아요."

"그럼 세 번째는?"

"'물'은 영어로 뭐냐는 거였어요."

"아들은 뭐라고 썼어?"

"'셀프'요!"

"그래 아들아 미안해! 너는 100점이야!"

엄마는 아들을 꼬옥 안아 주었다.

경찰과 노부부

어느 노부부가 승용차를 몰고 고속도로를 달리는데 갑자기 경찰이 나타나서 차를 급히 세웠다. 깜짝 놀란 할아버지가 경찰에게 물었다.

"아니 경찰 양반! 내가 무슨 잘못이라도 했나요?"

경찰이 경례를 하면서 말했다.

"아닙니다. 선생님께서는 고속도로 주행 내내 안전속도를 유지하셔서 저희 경찰에서 주최하는 이달의 양심 운전자로 선정되셨습니다!"

그리고 경찰은 뭔가 깜빡한 듯이 웃으면서 다시 말했다.

"아!~ 축하드립니다. 양심 운전자 상품은 현금 100만 원을 드립니다. 혹시 상금을 받으면 어디에 쓰실 건지 설문조사를 하고 있습니다."

할아버지는 놀라면서 말했다.

"네? 아이고 고맙습니다. 경찰 선생! 상금을 받으면 우선 운전면허를 따는 데 써야겠습니다."

경찰이 깜짝 놀라면서 말했다.

"네?"

경찰이 황당해하는 표정을 짓는 사이 옆자리에 앉아 있던 할머니가 황급히 할아버지의 입을 막으며 말했다.

"아~ 경찰 선생! 신경 쓰지 마세요. 저희 영감이 작년부터 치매 끼가 좀 있는데 술만 마시면 이렇게 가끔 헛소리를 하네요."

경찰이 어처구니가 없다는 듯이 쳐다보았다.

"네??"

세 할머니

할머니 세 분이 버스 정류장에서 버스를 기다리며 신세타령을 하고 있었다.

첫 번째 할머니가 말을 꺼냈다.

"아 글쎄 말이야, 나는 요즘 계단을 오르다가 한 번 쉬고 나면 이게 올라가다 쉬는 건지 내려가다 쉬게 된 건지, 당최 헷갈려!"

그러자 두 번째 할머니가 말을 받았다.

"말도 마, 나는 침대에서 앉아 있다 보면 누우려고 앉은 건지 잠자다가 일어나 앉은 건지, 당최 헷갈려!"

잠자코 이야기를 듣고 있던 세 번째 할머니가 말했다.

"이런 멍청한 할망구들 같으니라고! 근데 말이야, 우리가 방금 버스에서 내린 거야? 시방 버스를 탈려고 서 있는 거야?"

무단횡단

오늘 동창회가 있다는 걸 깜빡한 할머니가 집에서 나와서는 시간이 없어 무단횡단을 하려고 하는데 횡단보도에 서 있던 한 학생이 다가와 말했다.

"할머니! 제가 안전하게 건널 수 있도록 도와 드릴게요."

할머니는 학생의 호의를 고맙게 받아들이고는 횡단보도를 건너가려고 했다. 그러자 학생은 깜짝 놀라며 할머니를 말렸다.

"할머니! 지금 빨간 불이에요."

그러자 할머니가 말했다.

"동창회에 늦었어. 빨리 가야 해."

그리고 그냥 건너가려고 했다.

"할머니! 빨간 불일 때 건너면 위험해요."

학생은 할머니가 건너지 못하게 잡았다.

그러자 할머니가 학생을 나무라면서 말했다.

"이놈아? 파란 불일 때는 나 혼자서도 충분히 잘 건널 수 있어."

할머니의 재치

어느 시외버스 매표소에서 경로우대 때문에 매표소 아가씨가 할머니에게 친절하게 말을 걸었다.

"할머니, 올해 연세가 어떻게 되세요?"

"응?"

"할머니, 올해 몇 살이시냐고요?"

(할머니는 보면 모르겠냐? 내가 경로우대 대상이 아닌 것 같냐는 뜻으로)

"응, 주름살~."

"할머니, 농담도 잘하시네요. 그럼 주민등록증은 가지고 다니세요?"

(그런 걸 귀찮게 왜 가지고 다니느냐는 뜻으로)

"주민등록증은 없고 대신 골다공증은 있어."

아가씨는 웃으면서 말했다.

"그럼 안 보여 주셔도 됐고요. 할머니 건강은 어떠세요? 혼자 다니셔도 괜찮으세요?"

"응, 유통기한은 벌써 지났어."

고령시장

유머

웃음이나 즐거움을 유발하는 인지적 혹은 무의식적 경험으로
웃음을 동반하는 유쾌하고 독특한 정서를 유머라고 한다.
재미있는 유머 자료를 수집해서 제목이나 살을 붙이고 다듬어서 만든 것들을 수록한 것이다.

당신이 웃음 짓기를 바랍니다.
당신을 웃음 짓게 하거든 곁에 두고서 한 번씩 꺼내 보시고 웃음을 잃지 마시기 바랍니다.

유머

솔로몬의 지혜

두 여자분이 버스 안에서 하나 남은 자리를 두고 서로 자기가
앉겠다고 큰 소리로 싸우고 있었다.

한 여자분이 먼저 발견하고 오고 있는데 다른 여자분이 쫓아
와서 잽싸게 앉으려고 했다는 것이다. 언성이 높아지자 버스 안에
있던 사람들이 모두 눈살을 찌푸리고 쳐다보고 있을 때 앞쪽에서
버스 기사가 큰 소리로 외쳤다.

"거기 두 사람 중에서 못생긴 여자분이 앉으세요."

버스 기사는 많이 해 본 솜씨 같았다. 그러고는 혼자서 웃고 있
었다.

버스 안은 조용해졌고 모두 그쪽을 쳐다보고 있었다.

두 여자분은 아무 말 없이 내릴 때까지 서서 갔다.

핸드폰 소동

버스에서 졸다가 핸드폰을 떨어뜨렸는데 어디로 떨어졌는지 몰라서 앞 사람한테 폰을 빌려 벨 소리로 찾았다.

핸드폰을 주워서 보니 '부재중 전화'가 표시되어 있었다. 전화를 걸었다. 차 안에서 벨 소리가 크게 나자 승객들이 쳐다보고 있었다.

"부재중이라고 되어 있는데 실례지만 누구시죠?"

앞 사람이 뒤돌아보고 웃으면서 말했다.

"아, 예, 저 앞 사람입니다."

---

* 웃게 하는 약은 없지만, 웃음에는 약이 많이 들어 있습니다.
 그래서 웃음은 만병통치약이라고 합니다.

투자

조간신문을 보던 남편이 매수한 주식값이 떨어졌다며 불평을 했고, 그의 아내는 요즘 다이어트가 잘 안된다고 짜증을 냈다.

남편은 주식 시세를 보다 말고 아내에게 말했다.

"여보! 당신은 다이어트 하지 마. 내가 투자한 것 중에 두 배로 불어난 것은 당신 몸밖에 없어!"

초콜릿과 형

혼자 초콜릿을 다 먹어 버린 동생에게 엄마가 혼을 내고 있었다.

"아니, 그 많은 초콜릿을 혼자 다 먹었단 말이야? 도대체 형 생각은 조금도 안 한 거야?"

동생이 울먹거리며 말했다.

"계속 형 생각은 했어요. 형이 오면 안 되는데 걱정하면서 먹었단 말이에요."

하느님과 약속

성탄절 아침, 한 아이가 성당의 말구유 속에 모셔진 예수님 성상을 세발자전거에 신고 마당 안을 내닫고 있었다.

이 광경에 놀란 신부님이 달려가서 아이를 붙잡고 예수님의 성상을 거두어 오려고 하자 아이가 눈물을 글썽거리며 무어라고 신부님에게 말했다.

신부님은 난처한 표정으로 서 있다가 결국 빈손으로 돌아왔다.

사람들이 왜 빈손으로 오느냐고 묻자 신부님이 말했다.

"자기에게 자전거를 주면 아기 예수님을 첫 손님으로 태워주겠다고 하느님께 약속했다는군요. 어젯밤, 성탄절 선물로 부모님에게서 자전거를 받고 지금 그 약속을 지키는 중이랍니다."

배추

요즘 동네에서 배추 값이 비싸다고 난리가 났다. 신이 난 아기 배추가 으쓱하면서 할머니 배추에게 말했다.

"할머니! 나 배추 맞아?"

살짝 귀가 먹으신 할머니 배추가 조용히 말씀하신다.

"무라고?"

아기 배추는 깜짝 놀라면서 자신이 무인지 알고 짜증을 내면서 엄마 배추에게 말했다.

"엄마, 나 배추 맞아?"

그러자 엄마 배추는 생긋이 웃으면서 말했다.

"그럼, 당근이지!"

"네?"

아기 배추는 발을 동동 굴렀다.

---

* 웃음을 잃지 마십시오. 내가 웃으면 세상도 웃습니다.
 세상에서 가장 아름다운 꽃은 '웃음 꽃'입니다.

메뚜기의 소원

어느 날, 메뚜기가 길을 가다가 앞에서 어른거리며 방해를 한다고 하루살이 몇 마리를 때렸다.

그러자 하루살이들이 자기 친구들 수백 마리를 데리고 와서 메뚜기에게 복수하려고 찾아왔다.

하루살이들은 메뚜기를 완전 포위하고 꼼짝 못하게 한 후 주위를 윙윙거리며 돌아다니자 정신을 못 차리고 있는 메뚜기가 불쌍한 생각이 들어서 마지막 소원이 있으면 말해 보라고 했다.

그러자 한참을 망설이던 메뚜기가 머리를 굴려서 작은 소리로 말했다.

"오늘은 어두우니까 내일 싸우자!"

똥차

성질이 급한 할아버지가 낡은 마을버스를 탔는데 버스는 떠나지 않고 계속 서 있었다. 참다못한 할아버지는 운전기사를 향해 소리를 질렀다.

"이봐요, 기사 양반! 이 똥차 언제 떠나요?"

그 말을 들은 운전기사는 나직한 음성으로 대꾸했다.

"예, 똥이 다 차면 떠납니다."

---

* 웃음, 사랑, 공감은 부축해 주는 팔과 같이 우리를 따뜻하게 보듬어주는 것들 안에서
같이 살아야 합니다. 인생이 힘들 때 우리에게 가장 필요한 것들이기 때문입니다.

기사와 목사

교회 목사님이 총알택시를 타고 가다가 방탕한 생활을 하던 총알택시 기사와 같이 사고로 천국에 갔다.

그런데 하나님께서는 두 사람을 세워 놓고 목사님보다 총알택시 기사를 더 칭찬하고 있었다.

기가 막힌 목사님이 그 이유를 하나님께 묻자 이렇게 말씀하셨다.

"너는 늘 사람들을 졸게 했지만 그래도 이 사람은 사람들을 늘 기도하게 했느니라."

고령 장기리 암각화의 발견 당시 모습

개띠

개띠인 삼식이가 아침 식사를 하면서 스포츠신문 '운세난'을 보았다.

〈오늘의 개띠: 무슨 일을 해도 운수 대통, 재물 운도 있다.〉

마침 저녁에 고교 동창 부친상에 조문을 가야 하는 삼식이 손뼉을 치며 외쳤다.

"아싸! 개띠, 오늘은 운수 대통이라 오늘 저녁에 니들은 다 죽었다. 오늘은 내가 타짜다. 이노므 짜슥들, 어디 한번 맛좀 봐라."

옆에서 그 말을 듣고 있던 마누라가 한심하다는 듯 쳐다보면서 한마디 던졌다.

"아이고~ 이 양반아! 당신만 개띠고 동창들은 모두 소띠요?"

어묵 국물

포장마차를 처음 시작한 맹구는 계속 엄지손가락을 국물에 반쯤 담갔다가 빼내고 하면서 어묵을 팔고 있었다. 한 손님이 그것을 보고 좀 비위가 상했지만 배가 고파서 단숨에 어묵을 먹고 국물은 후루룩 마셨다.

어찌나 맛이 좋은지 그냥 나갈 수가 없어 다시 한 그릇을 더 시켰다. 이번에도 맹구는 어묵 국물에 손가락을 담갔다가 주는 것이었다. 손님은 국물까지 마시고 나서 웃으면서 물었다.

"아저씨, 아까부터 왜 그 손가락을 담그고 그러세요?"

"아, 예, 손가락에 동상이 걸려서요."

그러자 손님은 골려 주고 싶은 마음에서 대꾸했다.

"아저씨, 그럼 그 손가락을 콧구멍 속에 넣어보세요. 그러면 따뜻하고 훨씬 편할 거예요."

"아, 예, 안 그래도 아까부터 한번씩 그러고 있었어요."

"네?"

뇌 이식

아내가 교통사고로 뇌를 다쳐 당장 이식을 하지 않으면 생명이 위험한 상황이라 의사가 환자의 남편에게 제안했다.

"대학교수의 뇌가 있는데 천만 원입니다."

남편이 물었다.

"그게 제일 좋은 건가요?"

의사가 대답했다.

"아뇨, 제일 좋은 뇌는 국회의원 뇌입니다."

"아~ 그러세요. 비싼 이유가?"

의사는 웃으면서 말했다.

"아, 네. 선거철에만 조금 사용하고 거의 사용하지 않은 것이라 새것이나 마찬가지입니다."

영국 국회의원

〈영국의 국회의원 대부분은 도둑놈이다.〉

위의 제목으로 신문 기사가 나가자 영국 국회가 발칵 뒤집혀 졌다.

국회의원들이 신문사에 격렬히 항의하고 난리가 났었다.

권력의 힘에 굴복한 신문사는 다음날 정정 기사를 냈다.

〈이 나라 국회의원 중에 한 사람은 도둑이 아니다.〉

모든 국회의원들이 자신이 그 한 사람이라고 믿고는 조용해졌 다고 한다.

어묵

세 명의 친구가 함께 취직 시험을 보러 갔다.

친구끼리 서로 도움을 받기 위해 셋이서 나란히 자리에 앉았다.

시험이 시작되었는데, 시험 문제 중에 조각상 〈생각하는 사람〉
의 작가를 묻는 문제가 있었다.

첫 번째 친구는 '로댕'이라고 정답을 제대로 썼다.

두 번째 친구는 정답을 몰라서 두리번거리다가 첫 번째 친구의
답을 슬쩍 보면서 잘못 보고서 '오뎅'이라고 썼다.

세 번째 친구는 두 번째 친구의 답을 슬쩍 보니 '오뎅'이라고 써
있는 것을 보고 자기도 '오뎅'이라고 쓰면 컨닝한 것이 들킬까 봐
다른 말로 써서 제출했다.

세 번째 친구의 답은 '어묵'이었다.

딸꾹질

약국에 한 사나이가 들어 왔다.

"딸꾹질을 멎게 하는 약 좀 주세요."

"예~잠시만요."

약사는 약을 찾는 척하더니 갑자기 사나이의 뺨을 철썩 갈겼다.

"어때요? 멎었지요. 하하하."

그러고는 약사는 웃으며 사나이를 쳐다보았다.

그러자 사나이는 맞은 뺨을 움켜쥐고 약사를 한참 째려보더니 말했다.

"나 말고 우리 마누라야! 인마!"

고해성사

어떤 중년의 부인이 고해성사를 했다.

"신부님, 요즘 저는 하루에도 몇 번이나 거울을 보면서 제가 너무 아름답다고 뽐냈습니다. 저의 교만한 죄를 용서해 주십시오."

이 고백을 들은 신부님은 궁금해서 칸막이 커튼을 조금 들어올려 그녀를 힐끗 쳐다보고는 이렇게 말씀하셨다.

"자매님 안심하세요. 그것은 죄가 아니고 순전히 착각입니다. 편안히 돌아가십시오."

갈비뼈

직장 동료들끼리 식당에서 식사를 하면서 갈비를 시켰는데 한 젊은 녀석이 주인에게 말했다.

"저~ 이거 200그램에 만오천 원 하는데 뼈 빼고 200그램입니까? 아니면 뼈까지 포함해서 200그램입니까?"

그러자 선배 한 분이 소주 한 잔을 목으로 탁 털어 넣으면서 말했다.

"야! 너는 니 몸무게 달 때 뼈는 빼놓고 다냐?"

주인은 대답 대신 선배에게 갈비 한 점을 더 가져다주었다.

사망신고

친구가 공무원 시험에 합격!

동사무소에 첫 출근을 한 날이었다.

점심시간에 혼자 자리를 지키게 되었는데 한 아주머니께서 들어오셔서 두리번거리면서 물었다.

"저기···. 사망신고를 하러 왔는데요."

친구는 처음 대하는 민원인이라 너무 긴장해서 잘 하자라고 다짐하며 태연하게 응대를 했습니다.

"본인이세요?"

그러자 사망신고를 하러 오신 아주머니는 당황하면서 잠시 생각을 하시더니 입을 열었다.

"아, 그럼 본인이 직접 와야 하나요?"

고령군 지산동 고분군에서 발굴된 대가야 시대의 무덤

늑대

어떤 노처녀가 결혼이야기만 나오면 화를 내곤 했다.

"남자들은 모두 늑대야, 늑대! 내가 늑대 밥이 될 것 같아?"

그러다가 어느 날 갑자기 결혼을 하겠다고 해서 친구들이 놀라면서 물었다.

"너 절대 늑대 밥은 되지 않겠다고 해놓고 갑자기 왜 결혼을 하겠다고 하는 거니?"

그녀가 호호호 웃으면서 대답했다.

"아무리 그래도 늑대도 먹어야 살 것 아니야! 호호호."

엄마의 방귀

시어머니와 이야기를 나누고 있던 며느리가 갑자기 '뽀옹' 하고 방귀를 뀌었다.

당황한 며느리가 옆에 있는 네 살짜리 아들을 보고 말했다.

"웅식아! 너, 응가하고 싶구나?"

그러자 아이가 엄마를 쳐다보면서 하는 말.

"엄마. 내가 응가하고 싶으면 엄마가 방귀를 뀌어?"

시어머니는 어리둥절해하면서 미소를 지었다.

머리카락

아이가 말했다.

"엄마! 아빠는 왜 머리카락이 조금밖에 없어?"

엄마의 대답.

"응, 그건 아빠가 학교 다니실 때 공부도 열심히 하셨고 우리 가족을 위해서 머리를 많이 쓰고, 생각을 많이 해서 그런 거란다."

아이가 고개를 갸우뚱하면서 말했다.

"음 그럼 엄만, 왜 머리카락이 많아?"

엄마의 대답.

"응 그건…. 야! 밥 먹을 때는 엄마가 얘기 많이 하지 말랬지!"

맹구의 원망

맹구가 눈이 시퍼렇게 멍이 들어서 집에 왔다.

맹구 엄마는 화가 많이 났다.

"또 싸웠구나! 엄마가 뭐랬어? 화가 나면 꼼짝 말고 100까지 세면서 참으랬잖아."

그러자 맹구가 원망하듯 엄마를 쳐다보며 말했다.

"난 100까지 셌단 말이야! 그런데 똘이네 엄마는 50까지만 세라고 했다잖아."

---

* 자신과 누군가의 삶에 웃음과 기쁨을 줄 수 있는 일은 미루지 마세요.
매일 매 순간이 특별하고 '나중'은 이미 지나가고 없습니다.

충격

사오정이 훈련을 마치고 부대 배치를 받았다. 훈련소의 구호는 '돌격'이었고 배치받은 부대의 구호는 '충성'인데 가끔씩 '돌격' 구호를 외치다 혼이 났다.

어느 날 사단장이 방문하는 날이었다. 사오정은 실수하지 않으려고 마음속으로 '충성'이라고 계속 외쳤다.

때마침 사단장이 앞으로 지나가자 사오정이 목이 터져라 외쳤다.

"충~격!"

과히 충격적이었다.

할머니의 냉장고

70세 할아버지가 건강검진 결과를 보려고 병원에 갔다. 할아버지는 의사에게 특별히 불편한 데는 없고 밤에 화장실에 자주 간다고 했다.

그리고 이렇게 말했다.

"의사 양반! 내가 하늘의 축복을 받았나 봐요. 눈이 침침해지는 걸 하느님이 어떻게 아셨는지? 내가 오줌 누려고 문을 열면 자동으로 불을 켜 주시더란 말이야!"

이 말을 들은 의사가 같이 오신 할머니에게 물었다.

"영감님 검사 결과는 좋은데 제 맘에 걸리는 이상한 말씀을 하시더군요. 밤에 화장실 문을 열면 하느님이 불을 켜 주신다고 말씀하셨어요."

그러자 할머니가 큰 소리로 말했다.

"이런~ 망할 영감탱이! 또 냉장고 안에 오줌을 쌌구만!"

노부부

결혼한 지 50년이 넘은 노부부가 있었다.

하루는 할머니가 TV를 보다가 할아버지에게 물었다.

"여보 영감! 결혼하기 전에 선을 20번도 더 봤다고 했죠?"

"응, 그랬지!"

그러자 할머니가 웃으며 물었다.

"그러면 당신이 그 많은 여자들 중에서 나를 선택한 이유가 뭐예요? 나의 어디가 그렇게 좋았어요?"

그러자 한참 있다가 할아버지가 한 말.

"응, 그건 말이야! 그 20명 중에 나와 결혼하기를 원했던 사람은 당신 한 사람뿐이었어!"

엽기 여학생

여학생이 버스에 앉아서 졸고 있는데 무섭게 생긴 아줌마가 옆으로 와서 큰 소리로 말했다.

"요즘 애들은 버릇이 없어. 나이 많은 사람을 보면 자리를 양보해야지!"

졸다가 깨서 듣다 못한 여학생이 대들었다.

"아줌마가 할머니세요?"

열 받은 아줌마는 더 크게 소리쳤다.

"아니 애가 어디 어른한테 눈을 똥그랗게 뜨고 대들어?"

그러자 여학생도 지지 않고 대꾸를 했다.

"그럼, 사람이 눈을 동그랗게 뜨지, 네모나게 떠요? 그리고 아줌마는 눈을 네모나게 뜰 수 있어요?"

아줌마는 말문이 막혀서 아무 말도 못하고 그 학생을 멍하니 쳐다보고 있었다.

노약자석

지하철 경로석에 앉아 있던 아가씨가 할아버지가 타는 것을 보고 눈을 감고 자는 척을 하자 깐깐하게 생긴 할아버지는 아가씨 바로 앞에 서서 말했다.

"아가씨, 여기는 노약자 지정석인디?"

그때 아가씨가 눈을 번쩍 뜨면서 신경질적으로 대꾸했다.

"저도 돈 내고 탔는데 왜 그러세요?"

그러자 할아버지가 조용하게 말씀하셨다.

"그러니까 여기는 돈 안 내고 타는 사람 자리라니까."

이불

아내가 치과에 다녀온 후 잇몸이 많이 부었다고 하면서 거실 소파에서 누운 자세로 TV를 보다가 갑자기 썰렁한 한기에 마침 옆을 지나가는 남편에게 말했다.

"여보! 미안하지만 거기 있는 이불 좀 덮어 주실래요?"

그러자 남편은 조용히 다가와서 키스를 했다.

"아니~! 이불 좀 덮어 달라니까요."

남편이 하는 말.

"아! 왜 또 그려~ 방금 입을 덮어 줬잖아."

---

* 당신의 마음을 웃음과 기쁨으로 감싸면 많은 해로움을 막아줄 것입니다.

틀니

우리 목사님은 설교도 잘 하시지만 아주 점잖으신 분이고 사모님은 말씀이 많으신 분이다.

몇 주 전에 목사님이 남은 치아를 몽땅 뽑고 틀니를 새로 하셨다. 그러고 나서 첫째 주일 설교는 10분으로 끝내셨고, 둘째 주일에는 20분짜리 설교를 하셨다. 그런데 셋째 주일 설교는 1시간 30분이나 계속되었다.

그래서 그 까닭을 여쭈어보았다.

목사님은 이렇게 말씀하셨다.

"첫째 주일에는 잇몸이 아파서 말을 잘 할 수가 없더군요. 둘째 주일에도 틀니는 여전히 심한 통증을 줍니다. 그런데 신기하게도 셋째 주일에는 실수로 아내의 틀니를 끼고 나갔더니 말이 그칠 줄을 모르더란 말입니다."

따뜻한 말

슬픔에 빠져 흐느껴 울고 있는 어떤 젊은 여자를 신부님에게 데리고 왔다.

"신부님! 이분이 남자에게 배신당하고 슬픔에 빠져 있는데 제가 아무리 달래도 소용이 없어 신부님께 이렇게 데리고 왔습니다. 부디 따뜻한 말로 이 여자를 위로해 주세요."

신부님은 고개를 끄덕이며 알았다는 듯이 따뜻한 말을 전했다.

"가스보일러, 기름보일러, 난로, 전기장판, 열 내는 하마……. 이 정도면 되겠어요."

응수

휴일날 철수가 동생 영희한테 퀴즈를 내겠다고 했다.

철수 : "'창밖에 있는 여자'를 다섯 글자로 줄이면?"

영희 : "응, '창밖의 여자.'"

철수 : "잘했어요! 이번에는 조금 어렵다. 그러면 '문 뒤에 있는 여자'를 다섯 글자로 줄이면?"

영희 : "글쎄, 모르겠는데?"

철수 : "'문디가스나' 그것도 모르나?"

영희가 시무룩해지자 부엌에 있던 엄마가 곧바로 나서 응수했다.

엄마 : "철수야! 그러면 '문 뒤에 있는 남자'를 네 글자로 줄이면?"

철수 : "글쎄? 네 글자로는 모르겠는데."

엄마 : "'문디자슥' 그것도 모르나?"

소파에 앉아서 듣고 있던 아빠는 웃으면서 안방으로 들어갔다.

맹장 수술

수술실에 들어간 아들이 도망치다가 아버지에게 붙잡혔다.

"얘야! 수술도 하기 전에 도망치면 어떡해?"

"아버지도 그런 말을 들어보세요. 도망 안 칠 수 있는지요?"

"그래? 무슨 말을 들었는데?"

"간호사가 이런 말을 하잖아요! 맹장 수술은 간단하니까 용기를 내세요."

"이놈아! 그건 너한테 하는 당연한 말 아니냐?"

아들은 울상이 되어 대답했다.

"그게, 나한테 한 말이 아니라 가운을 입은 젊은 의사 선생님한테 하는 말이에요. 제가 똑똑히 봤어요."

어떤 미용실

50대 초반의 어떤 중년 부인이 미용실에 갔는데 종업원이 대뜸 하는 말.

"아니, 어쩜 이렇게 젊어 보이세요? 스물아홉 정도로 보이시네요?"

부인은 좋아서 팁까지 건네주며 하는 말.

"참 아가씨는 친절하고 상냥하네요!"

그러자 종업원이 하는 말.

"아, 네~ 사모님, 저희는 손님들에게 뭐든지 40% 정도는 할인해주고 있어요."

어느 시골 아가씨

옛날에 어떤 시골 아가씨가 서울에 사는 친척 집에 오면서 서울
역에서 택시를 타고 가는 중 갑자기 택시문이 '철컥' 하고 잠기자
깜짝 놀랐다.

"아저씨! 차 문을 왜 잠그세요?"

"아가씨! 60킬로(m)가 넘으면 차 문이 자동으로 잠깁니다."

그러자 시골 아가씨가 당황하며 하는 말.

"아저씨! 왜 그러세요? 저 57킬로(g)밖에 안 돼요."

---

* 웃음은 호수에 던져진 작은 조약돌이 만들어 낸 물결처럼 아주 멀리 퍼져나가
주변을 밝게 만들어 줍니다.

흰 머리카락

유치원에 다니는 똘이가 엄마에게 물었다.

"엄마, 왜 엄마 머리에 흰 머리카락이 있어?"

엄마는 똘이를 흐뭇하게 바라보며 대답했다.

"그건 네가 엄마 속을 썩이거나 하면 엄마 머리카락이 하나씩 하나씩 흰머리가 되는 거란다."

그러자 똘이는 머리카락이 전부 하얀 할머니가 생각났다. 그리고 슬픈 표정을 하면서 엄마에게 말했다.

"엄마, 우리 외할머니가 너무 불쌍해서 어떡해요? 제발 할머니 속 좀 썩이지 마세요."

똥꼬

사오정이 짝사랑하는 외국인 여자가 있었는데, 며칠 후에 외국으로 돌아가게 되었다.

사오정은 그녀에게 마지막 인사를 멋있게 하고 싶어서 삼장법사를 찾아가서 영어를 배웠다.

"스님. '가지 마'가 영어로 뭐죠?"

"음. 그건 말이야 'Don't go'야."

"네? 뭐라구요?"

"Don't go야, Don't go."

며칠 후 사오정은 그녀를 향해 손을 내저으며 목이 터져라 큰소리로 외쳤다.

"똥꼬 야!~ 똥꼬! 똥꼬 야!~ 똥꼬!"

사모님

한 여자가 수표를 현금으로 바꾸려고 하니까 창구에 있는 은행 직원이 말했다.

"수표 뒷면에 성함과 주민등록번호, 전화번호를 적으셔야 합니다."

여자가 말했다.

"이 수표 발행인이 제 남편입니다."

은행 직원이 말했다.

"아, 지점장님 사모님이시군요. 그래도 써 주셔야 합니다."

여자는 한참을 생각하더니 알겠다고 하고서는 수표 뒷면에 딱 다섯 글자로 이렇게 이서를 했다.

"여보. 나예요."

사오정 학교

사오정들이 모여 있는 학교로 영어 선생님이 전근을 오게 되었다. 영어 선생님은 사오정들을 좀 더 흥미롭게 교육할 방법을 생각하다가 제스처를 이용해야겠다고 생각했다.

영어 선생님이 기세등등하게 손을 쫙 펴서 앞으로 팍 내밀면서 물었다.

"이게 뭐죠?"

그러자 한 사오정이 벌떡 일어나며 말했다.

"핑거~!"

"오, 그래 그렇지."

선생님은 칭찬을 많이 해 주었다. 그동안 가르친 보람이 있구나 하고 선생님은 너무 흡족해서 눈물이 날 지경이었다.

그러자 그 사오정은 티미한 눈으로 입가에 미소를 띠며 선생님에게 다가오더니 선생님의 펼친 손을 접으면서 말했다.

"이거는 오무링거~!"

술

119로 가까운 병원에 실려 온 할아버지가 있었다.

"의사 선생! 갑자기 이쪽 저쪽이 다 아파서 왔어요."

의사가 할아버지의 몸을 이리저리 살펴보더니 말했다.

"이상한데요? 아무리 진찰을 해봐도 어디가 이상이 있는지 도무지 알 수가 없네요? 술 드시죠? 아마도 술 때문인가 합니다."

"네? 그러세요. 저는 술을 먹지 않습니다. 그럼, 의사 선생의 술이 다 깨신 후 연락주세요. 다시 오겠습니다."

---

* 유머로 웃음을 전하고 소리 없이 웃고 미소짓는 표현들 속에서
  따스한 정을 나누시길 바랍니다.

이상한 소리

활주로에서 출발해서 달리던 비행기가 이륙 직전 갑자기 되돌아와 격납고로 들어갔다.

그렇게 한 시간 정도가 흘렀을까? 손님들은 술렁거렸다. 그러고는 다시 비행기를 이륙하게 되었다.

기내 안에서 뭔가 이상하다고 느낀 승객이 지나가던 승무원에게 물어봤다.

"아가씨, 무슨 일이 있었나요?"

"예, 손님. 저희 기장이 비행기 엔진에서 이상한 소리가 들린다고 했어요. 그래서 잠시 멈췄다가 이륙하는 거예요."

"아, 그렇군요! 그러면 엔진을 고쳤군요?"

그러자 승무원이 무표정한 얼굴로 손님을 쳐다보며 말했다.

"아니오. 그냥 기장을 바꿨어요."

모산골

초판 1쇄 발행 2025년 7월 11일

글 조기용 / **발행인** 김윤태 / **교정** 김창현 / **북디자인** 디자인이즈
발행처 도서출판 선 / **등록번호** 제15-201 / **등록일자** 1995년 3월 27일
주소 서울시 종로구 삼일대로 30길 23 비즈웰 427호 / **전화** 02-762-3335 / **전송** 02-762-3371

값 20,000원
ISBN 978-89-6312-638-8 03810